CHRYSALIDE

Micol Ostow

RIVERDALE

FUGA DALLA CITTÀ

Traduzione di Alice Casarini

MONDADORI

Questo libro è un'opera di fantasia. Personaggi e luoghi citati sono invenzioni dell'autore e hanno lo scopo di conferire veridicità alla narrazione. Qualsiasi analogia con fatti, luoghi e persone, vive o scomparse, è assolutamente casuale.

librimondadori.it
mondichrysalide.it

ISBN 978-88-04-71868-0

Italian-language edition published by Mondadori Libri S.p.A., by arrangement with Scholastic Inc., 557 Broadway, New York, NY 10012, USA.

Titolo dell'opera originale
Riverdale - Get Out of Town
I edizione ottobre 2019

Anno 2020 - Ristampa 1 2 3 4 5 6 7

RIVERDALE

Parte I

LA FESTA

Prologo

JUGHEAD

Estate. Basta pronunciare questa parola per evocare una serie di immagini confortanti. Lunghe serate passate a guardare il tramonto che si allarga all'orizzonte, le lucciole che fanno scintillare l'aria come stelline pirotecniche ribelli del Quattro luglio. Giornate di relax sul dondolo in veranda a gustare un cono gelato, cercando l'equilibrio fra il godersi il dessert con calma e il divorarlo prima che si sciolga in una dolce colata appiccicosa sotto il sole rovente.

L'estate è fatta per l'ozio, per schiacciare le zanzare e bagnarsi nel fiume Sweetwater, per ignorare la sveglia e perdere il senso del tempo. Per vivere in uno stato sospeso in cui ogni sembianza di responsabilità evapora, e ci siete solo tu, i tuoi migliori amici e la sensazione che tutto ciò che fate sia effimero, nebuloso… e solo vostro.

A Riverdale l'estate appartiene a noi.

O almeno così pensavamo fino a *questa* estate. Finché Archie Andrews non è stato arrestato per omicidio e costretto a passare l'estate prima del penultimo anno delle superiori affrontando un processo. Finché non siamo stati tutti costretti a prendere in considerazione la possibilità, terribile e terribilmente reale, che il processo ad Archie fosse soltanto l'inizio.

Cassidy Bullock. Non che la sua morte ci abbia lasciati propriamente sconvolti: dopotutto lui e i suoi amici teppisti ci avevano terrorizzati *sul serio* mentre passavamo il weekend alla baita di Veronica allo Shadow Lake. E probabilmente avrebbero fatto molto di peggio se Veronica non avesse attivato l'allarme silenzioso.

Perciò non eravamo così dispiaciuti per il fatto che fosse stato ucciso (presumibilmente dalla guardia del corpo della famiglia Lodge, Andre). Il problema invece era che Hiram Lodge, il padre di Veronica, aveva incastrato Archie per l'omicidio. E la trappola aveva funzionato.

Un'estate senza fine, un'estate d'amore. Secondo il poeta Wallace Stevens, "la notte estiva è perfezione di pensiero". Ma per me, Archie, Veronica e Betty non c'era nessuna traccia di perfezione. C'era soltanto la realtà implacabile.

Per Archie quella realtà significava ripassare la sua testimonianza finché per lui non fosse diventata automatica come respirare. Esaminare il caso che Hiram Lodge aveva costruito contro di lui, passandolo al proverbiale setaccio con sua madre, Mary Andrews, che senza dubbio era la consulente più devota che un ragazzo accusato di omicidio potesse avere al suo fianco.

Dopo Mary, il secondo membro più tenace del Team Archie era Betty Cooper, pragmatica e determinata come sempre. L'estate precedente Betty, la ragazza della porta accanto, solare ma con un lato misterioso, era andata ad affinare le sue capacità giornalistiche con un tirocinio presso un blog di attualità e intrattenimento a Los Angeles. Adesso però sfruttava il suo talento investigativo per dimostrare che il suo amico di sempre era innocente. Tutto ciò subito dopo aver scoperto che il proprio padre era il serial killer che Riverdale conosceva come Black Hood.

Nel frattempo il pesce fuor d'acqua ufficiale della cittadina, Veronica Lodge, aveva rifiutato il notevole patrimonio familiare e i vincoli ormai logori che esso implicava. L'ex principessa di Park Avenue aveva voltato le spalle al proprio cognome e alla sicurezza economica che ne derivava. Tuttavia, mentre cercava di rivendicare i suoi diritti come nuova proprietaria del Pop's Chock'Lit Shoppe, Veronica era *anche* in guerra aperta con il caro paparino, e per giunta la battaglia era in fase di stallo. La posta in gioco di quel combattimento all'ultimo sangue?

La libertà di Archie Andrews. Forse anche la sua anima.

Quanto a me, facevo del mio meglio per rendere onore al senso di lealtà e di famiglia del mio stesso padre, adattandomi al mio nuovo ruolo di Re dei Serpents. Ovviamente ero preoccupato per Archie, o meglio, ero assolutamente terrorizzato per lui, ma cercavo di restare positivo (cosa che per me è tutt'altro che facile). Però avevo letteralmente un'intera gang che mi vedeva come capo, che dipendeva dalla mia guida. I Serpents avrebbero fatto qualsiasi cosa per me, e anche per gli Andrews, specialmente dopo che questi ci avevano ospitati quando Hiram Lodge aveva sfrattato chiunque avesse la sfortuna di vivere nel Southside. Dato che mio padre si era ritirato dai Serpents, era ora che fossi io a mostrare ai membri che meritavo la loro fiducia.

Il problema era che io per primo forse non ci credevo fino in fondo.

Con l'omicidio di Jason Blossom, Riverdale aveva perso qualcosa di innato, di ineffabile. Per decenni la nostra piccola comunità aveva brillato del fascino genuino delle piccole città. Nessuno si era preso la briga di smontare la facciata, di strappare via l'omaggio alle cittadine perfette in stile Norman Rockwell. Nessuno voleva farlo... Neanche coloro che sapevano cosa c'era dietro, che conoscevano fin troppo bene i segreti della città e il suo nucleo oscuro e marcescente.

Jason Blossom. Black Hood. E adesso Archie Andrews, ex ragazzo d'oro della cittadina, sotto processo per omicidio, alla mercé di un gangster caduto in disgrazia. Sul punto di perdere tutto per aver commesso il semplice errore di fare arrabbiare l'uomo sbagliato.

L'estate aveva allungato le lunghe grinfie, appiccicose e spietate, intrappolando noi quattro in un groviglio intricato. Quei giorni erano infiniti, come tutti i giorni d'estate, ma adesso quel ritmo lento e vischioso trasmetteva un senso di pericolo, di minaccia.

Il Labor Day si avvicinava rapidamente, e con esso la fine dell'estate. La maggior parte dei teenager doveva già avere il terrore dell'inizio della scuola: i compiti, il gruppo degli amichetti, la sveglia presto.

Noi non pensavamo a niente di tutto questo. Avremmo dato qualsiasi cosa per preoccuparci di faccende del genere, invece avevamo paura che l'ultima chance di Archie, la sua ultima speranza di restare libero e di battere Hiram Lodge al suo stesso gioco, ci stesse scivolando via tra le dita.

E se noi non eravamo in grado di salvare Archie dai cupi orrori nascosti nel cuore di Riverdale, allora chi avrebbe potuto farlo?

1

Reggie:

Stasera festa da me, fratello.

Archie:

Nn credo d essere dell'umore x 1 festa, amico. Scusa.

Reggie:

T capisco. Ma i miei sn via e tu hai l'ultima udienza la settimana prox, no?

Archie:

Non me lo ricordare.

Reggie:

Ke altro puoi fare? Tua madre ha sicuramente ttt sotto controllo. Prenditi 1 serata di stacco. Probabilmente ne hai bisogno, vero?

Archie:

Nn voglio lasciare da sola mia madre quando lei si fa 1 mazzo così x me.

Reggie:

È tua MADRE. D sicuro vorrà ke passi 1 sera fuori come 1 persona normale e nn 1 accusata di omicidio.

Reggie:

Dimmi ke mi sbaglio.

Archie:

...

Reggie:

Raduno il resto dei Bulldogs. Poi scrivo a Veronica. Fra lei e tua madre, conto d vederti.

Reggie:

1 notte di svago. Poi torni a fare *Dead Man Walking*.

Archie:

Grazie, eh.

Reggie:

Scherzo, amico. Dimostreranno ke 6 innocente. Prova a nn pensarci, sl x stasera.

Archie:

Ci provo. + facile a dirsi ke a farsi.

Reggie:

Come ttt quanto, amico. 👊

***

Veronica:

Archie-bello, ho appena ricevuto 1 interessantissimo SMS da Reggie Mantle… 🎉🎂🍻

Archie:

Ronnie, sai ke T.A., ma 6 sicura che 1 festa sia 1 buona idea? Anke se fossi dell'umore giusto, dovremmo lavorare. Al mio caso. O meglio, io dovrei. La mamma lo farà D SICURO.

Veronica:

Prenditi 1 pausa e domattina sarai come nuovo, il mattino ha l'oro in bocca. Nn t ricordi le parole d King riprese da Kubrick?

Archie:

Se nn è *Carrie: Il musical*, nn l'ho ancora letto.

Veronica:

Skerzo, tesoro. Cmq t meriti 1 po' d svago.

Archie:

... Xké potrebbe essere l'ultima occasione x divertirmi, intendi.

Veronica:

Nn ho detto questo. Mi rifiuto d assecondare la tua negatività. Sono sicura al 100% ke riusciremo a provare la tua innocenza. MA penso cmq ke c meritiamo 1 sera di pausa.

Archie:

Però mia madre...

Veronica:

Nn t preoccupare. Tua madre ovviamente pensa ke sia 1 idea fantastica. Era felicissima quando gliel'ho proposto.

Archie:

E Betty?

Veronica:

È stato + difficile convincerla, continuava a blaterare cose su dossier ed evidenziatori... è l'emblema della devozione, ma tua madre l'ha convinta. Questo dimostra ke il tuo avvocato è davvero xsuasivo. E quindi PUOI prenderti 1 serata di pausa.

Archie:

Quante probabilità ho d farti cambiare idea?

Veronica:

Le stesse d finire in prigione x 1 crimine che nn hai commesso.

Veronica:

In altre parole, passo a prenderti alle 8.

***

Veronica:

Viene anke Archie, ovviamente.

Betty:

10 e lode al tuo potere d xsuasione, V. 👏

Veronica:

Mai sottovalutare la determinazione dei Lodge.

Betty:

Argh, nn ricordarmela. È proprio di quella ke ho paura…

Veronica:

No! T ingiungo d piantarla, sorella. Dimentica quello ke ho detto. Stasera sl vibrazioni positive. A fra poco!

***

Betty:

Dai 1 spolverata al cappello da bravo fidanzato, Jug.

Jughead:

È l'unico che ho, Betty. Lo sai. Cmq l'ho già saputo. Festa da Reggie. Ho avuto incubi + piacevoli d quest'idea.

Betty:

Fallo x Archie. E x me. 😉

Jughead:

Nn posso dire ke x me sia 1 giorno da festeggiare. Nn ce l'ho nemmeno, 1 giorno da festeggiare. Ma nn so neanke dirti d no.

Betty:

Awww baci

***

Cheryl:

JoJo! L.A. è fantastica. Sono felice ke Toni mi abbia convinta a fare questo coast-to-coast! Siamo come… Thelma e Louise, ovviamente senza finale tragico. E se Susan Sarandon fosse stata rossa naturale, comme moi. Mi segui su insta? #ChoniGoesWest.

Josie:

Tesoro, lo sai ke seguo le tue fantastike avventure. Sn contenta ke tu ti diverta. Noi Pussycats ci difendiamo sempre cn le nostre unghiette affilate. Riverdale è il solito buco immutabile.

Cheryl:

Quante volte te lo devo dire ke 6 troppo brava per quel posto dimenticato dal tempo? Dovresti venire a La La Land con noi!

Cheryl:

Ieri sera abbiamo visto 1 show al Tom Sawyer e stasera andiamo all'Hotel Café. Toni ha contatti Serpent praticamente in ttt i posti + fighi. Meglio d 1 pass VIP.

Cheryl:

Il prossimo road trip sarà il tour delle Pussycats. Mi offro come agente.

Josie:

Ottima idea, mia cara Bombshell. Intanto Reggie Mantle mi sta bombardando d msg sulla sua festa d stasera. Nn proprio come le mille luci di L.A. Quando torni, puoi occuparti anche della security. Mantle sarebbe spacciato.

Cheryl:

Gli uomini sn ttt dei cagnacci, e lui ha trovato il suo osso. C vai?

Josie:

Nn so. Devo sentire dalle mie gattine. Magari hanno 1 proposta migliore.

Cheryl:

Be', la speranza è l'ultima a morire, Josephine. Incrocio le dita con lo smalto Cherry Cosmo per te. Aggiornami!

***

Kevin:

Festa da Reggie stasera. Vieni?

Moose:

Certo, amico. C vediamo là, ok?

Kevin:

Magari potremmo andarci insieme.

Moose:

...

Kevin:

Nn importa. C becchiamo là. A dopo.

VERONICA

Normalmente le feste a casa dei giocatori di football di provincia non sono il genere di evento che metto al primo posto fra i miei impegni sociali. Ma questo era prima che io stessa perdessi la testa per un giocatore di football… e mi ritrovassi inorridita a osservare mio padre, un vero e proprio cattivo da cartone animato, che corrompeva il mio amato e minacciava addirittura di spedirlo dietro le sbarre.

Sono cose che fanno venire l'ansia a noi ragazze. Del resto, è comprensibile. Quell'estate stavo riconsiderando molti dei principi in cui avevo creduto fino a quel momento.

Non mi fraintendete, ero assolutamente sicura che il semplice fatto che Archie fosse innocente sarebbe bastato a scagionarlo. E se c'era qualcuno in grado di far trionfare la giustizia, erano proprio la signora Andrews e Betty. Neanche il diavolo in persona potrebbe competere con la loro furia e la loro determinazione.

Ma *sicura* era un termine relativo… e anche se non mancavo mai di usarlo in presenza di Archie e dei nostri amici, la verità nuda e cruda come sempre era un po' meno assoluta.

Conosco mio padre. Forse non *così* bene come avevo sempre pensato… tanto per cominciare, non avrei mai creduto che potesse abbassarsi al punto da incastrare l'amore della mia vita per un crimine, men che meno per *omicidio*. Quando Archie ha cominciato ad avvicinarsi a mio padre, sapevo che c'era il rischio che il mio fidanzato di sani, americanissimi principi venisse manipolato. L'avevo persino messo in guardia in proposito. Ma una parte di me voleva credere che perfino Hiram Lodge avesse dei limiti etici.

Ovviamente mi sbagliavo: il mio caro paparino non conosce confini.

E se mi sono sbagliata di grosso su quello, chi dice che non possa sbagliarmi anche sulle probabilità che Archie sia scagionato?

Quei pensieri mi tenevano sveglia la notte, costringendomi a girarmi e rigirarmi fra le mie morbidissime lenzuola Frette in puro cotone egiziano.

Veronica Lodge è imperturbabile per definizione. Praticamente è il mio marchio di fabbrica, perciò quella era l'immagine che avrei mostrato ai miei amici e alla città per tutto il tempo necessario a provare l'innocenza di Archie. Sarei rimasta al fianco del mio uomo, incarnando uno degli stereotipi delle canzoni country. Anche se mi tremavano un po' le gambe.

Il lato positivo dell'avere un mostro come padre è che la gente si mostra solidale. Certo, alcune di quelle persone hanno un sacco di debiti con papà e devono fare attenzione a ogni minimo dettaglio. Non posso biasimarli. *Alcune* persone, tipo i concittadini meno audaci, non si schiererebbero mai pubblicamente contro mio padre, ma dopo che lui ha rivelato il suo vero volto e la nostra famiglia è caduta in disgrazia, non mi ci è voluto molto per eliminare i codardi dai miei contatti. Ora so su chi posso contare.

Da quando abbiamo perso Andre, il resto del personale domestico pende dalle mie labbra. Il nostro nuovo autista praticamente è il mio migliore amico, il che significa che era contentissimo di portare me e Archie a casa di Reggie per una breve tregua dall'odissea legale in cui avevamo vissuto per tutta l'estate. Per fortuna papà aveva una *conference call* "di lavoro" (sicuramente losca come non mai) a tarda ora, quindi era chiuso nel suo ufficio al Pembrooke. Anche se non ci fosse stata la guerra fredda in casa nostra, non si sarebbe accorto che uscivo.

Immagino che sia uno dei pochi vantaggi dell'avere un dittatore per padre.

Il sole era già tramontato quando accostammo davanti a casa Mantle: l'ennesimo dettaglio che ci ricordava che l'estate stava giungendo rapidamente al termine. L'autunno era dietro l'angolo e portava con sé la minaccia della ripresa della scuola e del ritorno alla normalità, come ogni anno. Solo che questa volta forse sarebbe successo senza Archie. Ebbi un brivido, e non solo per l'aria fresca.

«Signorina Veronica, siamo arrivati. A meno che non le serva altro.»

La voce ruvida dell'autista si fece strada nel caos dei miei pensieri. Mi schiarii la voce, sistemandomi le pieghe ben stirate del miniabito Kate Spade. Aveva una fantasia viola acceso ed era molto più festaiolo del mio umore. Del resto il punto era proprio quello. *Fingi di crederci finché non diventa vero*, un mantra che si era sempre rivelato utile nei momenti difficili.

Archie posò la mano calda sulla mia. «Tutto okay, Ronnie?» Sentivo i calli alle dita che si era fatto venire esercitandosi con la chitarra. Conoscevo quelle mani come se fossero state parte del mio stesso corpo. E il pensiero di poter perdere Archie…

Era insostenibile. *Dovevo* impegnarmi di più per essere credibile. Per il bene di Archie.

Mi costrinsi a sorridere. «Tutto a postissimo!» risposi, con una voce che suonò troppo acuta alle mie stesse orecchie. Battei le palpebre e indicai la porta d'ingresso con un cenno. «Pare che siamo arrivati in elegante ritardo. Perfetto.»

La festa era già in pieno svolgimento, si sentivano i bassi echeggiare fin dentro la macchina e si vedeva una massa di gente che ballava freneticamente davanti alla finestra panoramica del soggiorno. Il chiacchiericcio nel giardino sul retro fluttuava fino a noi. Il portone del garage era aperto e un gruppetto di ragazzi della squadra ci si infilò dentro circondato dalle River Vixens in adorazione.

Mi piegai verso Archie e gli posai un rapido bacio sulla guancia. «È ora di fare il nostro ingresso trionfale, Archie-bello.»

PP:

Sei entrato? Cerca dei possibili partner. Ci serve un aggancio affidabile a Riverdale, il Grande Capo ci conta.

Sweet Pea:

Calma, nn sn ancora partito. E nn so se voglio farvi da talpa stasera. Ho altri piani x la festa.

PP:

Bene… peccato che tu non abbia voce in capitolo.

2

Josie:

Gattine, so ke le Pussycats sono… in pausa. Ma dato che abbiamo un'unica serata contro le ns rivali, le Venom…

Josie:

Magari stiamo 1 po' insieme prima del concerto? Come ai vekki tempi?

Melody:

Cos'hai in mente?

Josie:

1 salto alla festa di Mantle?

Valerie:

Dici sul serio? Nn mi pare 1 grande idea x scaricare la tensione.

Josie:

Sì, ma mi sta bombardando di msg da ttt la mattina. La resistenza è inutile, no?

Josie:

Dai... in onore dei vekki tempi?

Valerie:

Nn so, amica mia...

Melody:

Be', la Riverdale High comprende tutti i nostri fan + fedeli. Tanto vale fare 1 comparsata. Poi possiamo passare a qualcosa d meglio.

Josie:

Esatto. Giusto 1 salto. Passo a prendervi verso le 8. Entriamo, usciamo e poi cominciamo la ns vera serata.

***

Josie:

È deciso: passiamo da Reggie dopo le 8. Ma nn staremo tanto.

Sweet Pea:

C vediamo là.

Josie:

Ricordati: TTT SEGRETO, altrimenti è finita.

Sweet Pea:

👍

ARCHIE

Quando Veronica mi disse che voleva andare alla festa di Reggie, il mio primo istinto fu di risponderle *neanche per sogno*. Anche senza calcolare che la mamma passava giorno e notte sul mio caso, con Betty sempre al suo fianco, essere l'imputato di un processo per omicidio non faceva propriamente venire voglia di festeggiare.

Ma ovviamente, per quanto Ronnie possa detestare suo padre, ha ugualmente un tratto fondamentale in comune con lui: *non* accetta che le si dica di no. Veronica Lodge ottiene sempre quello che vuole. E quella sera voleva una pausa da tutto lo stress e le tensioni che avevo portato nella sua vita. Fin da subito mi aveva avvertito che avvicinarmi a Hiram non era una buona idea. Credevo che stesse solo esagerando, che fosse troppo protettiva. Oddio, ero stato così ingenuo. E il lato ironico è che l'unico motivo per cui volevo piacere a Hiram era proprio perché lui è il padre di Veronica.

Hiram potrà anche essere malvagio, ma *ero io* che avevo preso delle decisioni stupide e mi ero infilato in quel casino enorme. Ora vedevo lo stress e la sofferenza causata ai miei genitori, vedevo i miei amici completamente fuori di sé… più di ogni altra cosa, avrei voluto poter cancellare tutto quanto.

Ma dato che la vita non funziona così, l'opzione migliore che mi restava (*l'unica*, al momento) era offrire a Ronnie e agli altri una serata "normale".

«È ora di fare il nostro ingresso trionfale, Archie-bello.» Veronica mi diede un rapido bacio sulla guancia; sentii una folata del costoso profumo che si metteva sempre, un'intensa fragranza alle rose con una nota forte e muschiata, di qualunque altro aroma si trattasse. Si stava sforzando di apparire coraggiosa per me, lo capivo: era davvero *agguerritissima*, ma percepivo la tensione che emanava, come onde di calore o elettricità statica. Ed era colpa *mia*. Ero stato io a portarla a quel livello di agitazione.

Ringraziai l'autista e scesi dalla macchina, girandoci intorno per andare ad aprire la portiera di Ronnie da bravo gentiluomo vecchio stampo. Lei mi sorrise, mi tese la mano e scese dall'auto.

«La cavalleria non è morta» scherzò. «Promettimi che sarai sempre il mio cavaliere dall'armatura scintillante.»

«Puoi contarci» risposi. Facevamo del nostro meglio per alleggerire l'atmosfera, ma il peso del processo che incombeva su di noi rendeva tutto molto difficile.

«Andrews!» Alzai gli occhi. Chuck Clayton agitava un bicchiere di plastica nella mia direzione, come per brindare da lontano.

«Ehi!» Sfoderai il mio sorriso migliore e un grugnito evasivo. Nessuno apprezzava particolarmente Chuck da quando aveva messo in giro delle voci orribili dopo essere uscito con Ronnie, che all'epoca era appena arrivata in città. La cosa era già brutta di per sé, ma quando Betty e Ronnie avevano deciso di vendicarsi di lui avevano scoperto che un gruppo di ragazzi della squadra aveva un perverso sistema di "punti" con cui tenere traccia delle uscite con le ragazze. Avevano un quaderno vero e proprio in cui registravano tutto quello che facevano. Quando le ragazze portarono il quaderno al preside Weatherbee, Chuck e alcuni altri furono sospesi dalla squadra.

Perciò, come potete immaginare, non correva propriamente buon sangue tra Chuck Clayton e Veronica, e io capivo perché lei serbasse rancore nei suoi confronti. Chuck non piaceva troppo neppure a me, anche se, da quando era stato sospeso, si era sempre mostrato sinceramente pentito di tutto quanto.

Veronica gli lanciò un'occhiata. Arricciò il naso per un secondo, ma poi ritirò subito fuori il sorriso agguerrito. «Dovresti andare a salutarlo. Cioè, anche se l'hanno cacciato dai Bulldogs, eravate comunque compagni di squadra.»

«Ma non è carino nei tuoi confronti. Mi hai portato qui perché potessimo *divertirci*.»

«Non lo capisci, Archie-bello? Sono qui con te, perciò mi sto divertendo.» Gli occhi scuri di Veronica brillarono. «*Tu* sei tutto quello di cui ho bisogno.» Mi spinse delicatamente. «Vai a salutarlo, fai il bravo maschio alfa che conosco e che adoro. Ci vediamo dentro. Vado a vedere se Betty e Jughead sono già arrivati.»

Aprii la bocca per rispondere, ma lei mi diede un altro colpetto scherzoso. «Dico sul serio, Archie. Veronica Lodge è in grado di prendersi cura di se stessa a una festa. Lo sai.»

«Sì, lo so.» Ci baciammo di nuovo, velocemente, e poi Veronica percorse il vialetto e scomparve dentro casa Mantle. Il boato degli studenti elettrizzati crebbe quando la porta si aprì, per poi attenuarsi quando Veronica se la chiuse dietro.

Raggiunsi il garage. Era stracolmo di gente della Riverdale High. In mezzo alla folla scorsi un frigo portatile e, nell'angolo, un barile di birra; probabilmente qualcuno dei vicini prima o poi avrebbe chiamato la polizia. A Riverdale i genitori tendono a chiudere un occhio quando i figli diventano rumorosi per sfogare un po' di tensione, ma lì c'era un *caos* pazzesco, ed era soltanto l'inizio.

C'erano Chuck, Moose... e, contro la parete, intento a lanciare guardi sospetti al frigo portatile, Kevin Keller. Suo padre era l'ex sceriffo di Riverdale, che si era dovuto dimettere quando Black Hood aveva ucciso Midge. In quanto figlio dell'ex sceriffo, probabilmente Kevin si era abituato a chiudere un occhio durante... ehm, il "doposcuola". E immagino che le vecchie abitudini fossero dure a morire. Mi dispiaceva per lui. Doveva essere difficile sentirsi sempre in conflitto tra quello che suo padre si aspettava da lui e quello che facevano tutti gli altri ragazzi.

Avevo un sacco di esperienza nel deludere le aspettative paterne.

«Ehi, Archie!» Kevin si illuminò quando mi scorse. «Benvenuto nel covo del peccato. Dov'è Veronica?»

«È entrata in casa» spiegai, gridando perché potesse sentirmi con tutto quel rumore. «Non voleva...» Mi interruppi quando Chuck mi si piazzò di fianco. *Che imbarazzo.*

«Non voleva... che cosa? Parlare con dei pervertiti di bassa lega come me?» chiese, ridendo fortissimo per la sua stessa "battuta".

«Dai, Chuck.» Alzai gli occhi al soffitto. «Lasciala in pace.» L'ultima cosa che volevo era discutere con i miei amici. Soprattutto se quella era l'ultima volta che stavamo tutti insieme.

Lui scrollò le spalle. «Lo faccio per te, Andrews. Non per lei. I Clayton hanno la memoria lunga.»

Non mi importava per chi lo facesse, purché lasciasse cadere la questione, così ci saremmo potuti rilassare tutti. Qualcuno mi piazzò in mano un bicchiere di plastica rosso e io, senza pensarci, presi un bel sorso. Il drink era aspro e freddo e aveva il sapore della promessa dell'oblio. In quel momento mi sembravano tutte ottime cose. E sapete qual era un'altra bella cosa? Chuck scomparve dietro una ragazza con la divisa delle River Vixens, con i capelli ricci castani legati in una coda.

«Sei arrivato da molto?» chiesi, tornando a girarmi verso Kevin. Faceva sfrecciare lo sguardo per tutto il garage, come se fosse teso per qualcosa, ma quando sentì la mia domanda mi fece un sorriso tirato.

Perché tutti erano così nervosi quella sera? Pensavo che fosse un problema solo mio, con lo stress del processo, ma a dire il vero mi pareva che anche tutti gli altri fossero un po' agitati.

«Uhm, da un po', credo. Cercavo di darmi un contegno e di fare un ingresso trionfale, ma non è andata proprio così» spiegò imbarazzato. «Però non dirlo a Veronica, non approverebbe affatto. È ufficiale, non sono per niente a mio agio.»

«Terrò il segreto, tranquillo» gli assicurai. «Io ho smesso di sentirmi a mio agio da un pezzo. Chi altro c'è?»

«Oltre a tutti gli studenti del terzo e dell'ultimo anno? Credo che sarebbe più pratico elencare quelli che *non sono* qui stasera.» Cercò di indicare la folla intorno a noi, ma non aveva abbastanza spazio per distendere le braccia, il che dimostrava che aveva ragione. «Betty è dentro, è arrivata con Jughead prima di te. Sono riuscito a parlarle solo per un secondo prima che scappasse via. Sembrava... be', un po' nervosa, a essere sincero. Te lo dico perché tu lo sappia, se per caso dopo parlerai con lei. Magari tieni gli occhi aperti. Ok, sto parlando a vanvera.» Piegò la testa verso un angolo. «Moose è laggiù. Con una *Vixen*.» Il viso gli si contorse in una smorfia.

Non ebbi modo di chiedergli spiegazioni, né sulla sua smorfia, né su quello che aveva detto (o cercato di dire) su Betty. Un attimo dopo si tirò indietro per fare spazio a Reggie.

«Il padrone di casa in persona!» commentò Kevin. «Reggie, gran bella festa. Complimenti.»

«Grazie, amico. Già, immagino che avere un padre sempre in viaggio abbia anche dei lati positivi. E, dato che la mamma ha deciso di regalarsi un altro weekend alla spa, siamo solo io e Vader... due capibranco. Due lupi solitari, insieme.»

«Ma un *lupo solitario* non dovrebbe per forza essere... *solo*?» chiese Kevin.

Reggie alzò gli occhi al soffitto. «Sai cosa intendo.»

Suo padre possedeva una concessionaria di automobili a Riverdale. L'attività andava molto bene; Reggie non era ricco come Veronica (be', come i suoi genitori, visto che lei tecnicamente aveva deciso di emanciparsi da loro), ma abitava nella parte più bella della città, dove le case avevano giardini più grandi e auto più scintillanti nel vialetto. Non sapevo bene perché il gestore di una concessionaria dovesse viaggiare così tanto, ma non era il genere di cosa che potevo chiedere a Reggie.

«Non ti senti mai solo?» mi scappò detto. *A proposito di cose che non avrei dovuto chiedere*. Era una domanda stranissima da fargli, decisamente diversa dalle cose che ci chiedevamo di solito. Ma mi era uscita di bocca prima che potessi rifletterci e non c'era modo di rimangiarmela.

Reggie si rabbuiò per un attimo, ma poi sorrise e la sua espressione tornò normale. «Andrews» disse, piegandosi verso me e Kevin, in modo che potessimo sentirlo. «Guardati intorno, amico. La casa è *strapiena*. Chi mai potrebbe sentirsi solo qui?»

Annuii, anche se mi pareva che non avesse colto il senso della mia domanda. Se l'aveva fatto apposta, allora era meglio lasciar perdere. A volte negare l'evidenza può essere di grande aiuto. Lo stavo imparando sulla mia pelle.

«Certo» risposi, scuotendo la testa. «Scusa.»

Reggie mi diede una pacca sulla spalla. «A posto, fratello. Lo capisco, so che hai un sacco di problemi seri a cui pensare.»

«Si vede così tanto?» Arrossii e bevetti un altro sorso del mio drink. *Rallenta, Archie,* mi dissi. Ma rallentare significava lasciare riemergere quei "problemi seri", e io non credevo di poterlo sopportare.

«Be', sarei pieno di pensieri anch'io, se fossi al tuo posto» rispose Reggie. Kevin annuì. «È una roba grossa. *Omicidio.*»

"Grazie, ero riuscito a non pensarci per ben tre minuti." Dovetti mordermi la lingua per non sbottare. Decisi invece di bere un altro sorso. «Già.»

«Sono sicuro che Archie sa fin troppo bene che un *processo per omicidio* è roba grossa» intervenne Kevin. «Soprattutto per il termine "omicidio". Magari possiamo cercare di non pensarci, almeno per stasera?»

«Ecco, ha ragione Kevin» concordai. «Se ci riusciamo.» Non ne ero troppo sicuro: come ho detto, la folla emanava un'energia insolita. Persino Reggie sembrava strano, come se morisse dalla voglia di fare a botte. Ma forse era solo una mia impressione. Anzi, probabilmente era così. Venire a quella festa era stata una pessima idea.

Alla fine, tutto faceva capo a Veronica. Era per lei che mi trovavo in quel casino... non che gliene facessi una *colpa,* certo che no! Ma se non fosse stato perché lei ci teneva, non sarei nemmeno uscito a fare finta di divertirmi. «È stata un'idea di Ronnie» proseguii ad alta voce. «Cioè, uscire, divertirci, distrarci. Be'... non è facile.»

Reggie mi lanciò un'occhiata. Sapevo già che non mi sarebbe piaciuta la piega che stava prendendo la conversazione. «Dev'essere dura anche per lei, sapere che è suo padre che vuole mandarti dietro le sbarre.»

Kevin inarcò un sopracciglio. «Alla faccia dell'eufemismo! Avere per padre un boss del crimine che controlla metà della malavita di Riverdale ed è deciso a distruggere tutto ciò che ami, compreso il tuo fidanzato... eh sì, può inibirti un pochino.»

«Be', comunque...» Reggie prese un bel sorso dal bicchiere rosso. «Di quello almeno non dovrai preoccuparti, Andrews. Se ti mettono dietro le sbarre, intendo.»

«Cosa?» Le sue parole furono un pugno nello stomaco. "Non dovrai preoccuparti della tua ragazza." Intendeva davvero quello che pensavo? Era un colpo basso, persino per il Reggie sfrontato e aggressivo che conoscevo.

«*Cosa?*» esclamò Kevin nello stesso momento. Sembrava sorpreso quanto me.

«Dai, non sto dicendo che ti sbatteranno in galera *di sicuro*. Lo dico solo *se* per caso lo facessero. Se ti mettessero in gabbia.» Barcollò un attimo, mentre io mi sentivo rivoltare lo stomaco. «Sappi che qualcuno si prenderebbe cura di Veronica... *Ronnie*.» Mi strizzò l'occhio. «Io.»

Mi sentii avvampare e mi raddrizzai, tirando indietro le spalle e preparandomi a saltare addosso a Reggie. Vedevo rosso. Kevin mi trattenne.

«Piano, Rocky» mi ammonì. «L'ultima cosa di cui hai bisogno è *un altro* episodio violento da aggiungere alle accuse.»

Reggie alzò le mani come per dire "Io non ho fatto nulla". Il drink si rovesciò e gli inondò la maglietta. «Merda!»

Kevin mi strinse più forte il polso. «Su, rimandiamo a un altro momento le scene da *Fight Club*» disse, trascinandomi attraverso la folla e fuori dal garage. «Reggie Mantle *non* ne vale la pena. E poi si è bevuto almeno cinque drink, quindi quello che dice non va preso sul serio. O sul personale.»

«È facile dirlo, per te» borbottai.

«Lo credi davvero?» Kevin sospirò. «Era una frase davvero bastarda. Ma sai, Reggie è un bastardo. Ed è anche più stronzo da ubriaco. La buona notizia è che Veronica Lodge è immune ai bastardi e agli stronzi. E poi è innamoratissima di te. Quindi non importa quanto cafone sia Reggie, né adesso, né nell'inconcepibile eventualità che la prospettiva peggiore diventasse realtà: non hai *assolutamente* niente di cui preoccuparti.» Fece una pausa. «E poi lo sai che Reggie è sensibile quando si parla di suo padre. Lo chiama *mein Führer*, e quello è uno dei soprannomi più carini. Quindi magari si è sentito provocato.»

«Fantastico. Quindi è compito mio trattare Reggie Mantle con i guanti mentre *io* sono sotto processo per omicidio?»

Kevin scrollò le spalle. «No. Certo che no. Non dovresti proprio stare a pensare a come si sente Reggie Mantle. È solo che...» Si interruppe.

«È solo che... *cosa*?»

Kevin sospirò e mi lanciò uno sguardo carico di significato. «È solo che... tu sei *Archie*.»

«E cosa dovrebbe significare?»

«Archie Andrews. Sei un "bravo ragazzo". Pensare a come si sente Reggie, o chiunque altro, è quello che ti viene naturale, anche quando sei in crisi tu stesso. Non puoi farne a meno.»

Fu il mio turno di sospirare. Bevetti un altro sorso. Mi bruciò la gola. Forse Kevin aveva ragione. Magari ero davvero fatto così: mi preoccupavo per gli altri, ero una persona premurosa, il bravo ragazzo della porta accanto, con tutti i miei valori americani. Ma se era così...

Come avevo fatto a finire in *quella* situazione?

Da quando le cose avevano cominciato ad andare storte?

E come diavolo avrei fatto a sistemarle?

3

REGGIE

Che dite, ero stato crudele a tormentare il mio amico Archie sul processo e sul fatto che poteva finire in gabbia per chissà quanto tempo?

Okay, non era la cosa più carina che avessi mai fatto. (E forse un po' me ne pentivo anche.) Ma neanche la *peggiore*. Parliamoci seriamente: si meritava di essere ridimensionato. Quella battuta su mio padre che è sempre in viaggio? Lo so, ha una concessionaria... ma allora perché non può stare qui a *gestirla*? Ma non possiamo avere tutti un rapporto ideale con nostro padre come Fred e Archie Andrews.

(Anche se, considerando come li ha lasciati Mary Andrews, è piuttosto evidente che la situazione non era poi così perfetta come fingevano che fosse...)

So che tutti dicono che sono presuntuoso, un po' troppo aggressivo, ma visto che sono il capitano dei Bulldogs, io la considero capacità di leadership. Non si arriva in cima facendosi da parte e comportandosi bene. E non è che abbia avuto dei grandi modelli durante la crescita.

Il mio conflitto con Andrews risale a moltissimo tempo fa. Alla Little League di baseball, quando ci contendevamo il posto da lanciatore. Ero competitivo già allora? Certo che sì. Colpa di papà, forse. Non lo so; io e Archie ci conoscevamo dall'asilo, dopotutto Riverdale è una cittadina piccola, e visto che a entrambi piacevano un sacco gli sport, le cose da uomini veri, perfino allora, la gente faceva sempre confronti fra noi. Ma ai miei occhi, Archie era sempre e solo incoraggiato da suo padre. «Sii te stesso, Arch» diceva Fred. «Ce la puoi fare!» gridava dagli spalti durante i nostri allenamenti.

Mentre *mio* padre faceva i video di tutte le nostre partite. (Tenete presente che all'epoca le fotocamere dei telefoni erano ancora piuttosto scadenti, quindi faceva davvero uno sforzo extra. E non lo dico in senso positivo.) Riempiva di insulti l'arbitro ogni volta che mi eliminavano. Volevo solo scomparire, era veramente umiliante.

Ma era ancora peggio quando arrivavamo a casa, perché *lì* cominciava la vera tortura. Tirava fuori il filmato e sottolineava tutti i miei errori e le mie esitazioni, ogni singola mossa sbagliata. Diceva che mi avrebbe aiutato a "migliorare la forma", "perfezionare la tecnica". E quello quand'era in buona. La mamma aggrottava le sopracciglia da lontano, segnalando la sua disapprovazione mentre preparava la cena. Ma non si azzardava mai a dire nulla. Non è mai, *assolutamente* mai, intervenuta.

La famiglia perfetta da sitcom era il mondo di Archie, non il mio. Diventò chiaro molto presto.

E quindi dovrebbe essere altrettanto chiaro il motivo per cui non riesco a non considerarlo sempre il mio rivale numero uno, in qualsiasi ambito.

Tormentarlo a proposito di Ronnie e insinuare che ci avrei provato con lei se lui fosse finito in galera è stato un po' da stronzi, okay. E comunque non pugnalerei mai alle spalle uno dei miei amici in quel modo. Ma Archie se la cava *bene* con le ragazze; non ha niente di cui preoccuparsi. E poi lo sanno tutti che Veronica quando pensa a lui si trasforma nell'emoji con gli occhi a cuore.

Questo non vuol dire che non sarei in grado di rubargliela se davvero lo volessi, i miei poteri di persuasione sono leggendari, ma ho mire più alte.

Veronica Lodge sarà anche l'equivalente di Riverdale di una giovane debuttante, ma per Reggie Mantle va bene solo una *vera* celebrità.

Una celebrità come quella gattina dispettosa di Josie McCoy.

Il problema è che si fa desiderare. Un *bel* po'. Tipo che, se non si trattasse di me, mi verrebbe il dubbio che non fosse solo una tattica.

Ma certo che lo è. Perché… io *sono* io. Punto.

Reggie Mantle sarà anche pieno di donne (che posso dire, sono un atleta), ma il mio segreto più grande è che sono cotto di Josie da sempre. So che, se solo mi desse una chance, saremmo perfetti insieme. Ed è l'unica per cui mi metterei in riga.

A essere sincero, il vero motivo per cui ho organizzato questa festa era che speravo che Josie venisse e che magari ci fosse l'occasione di stare un po' da solo con lei. Forse è da sfigati. (Ma è anche romantico, no?) Cioè, Archie aveva ragione, la casa a volte è un po' vuota, anche quando ci sono entrambi i miei genitori. Ovviamente preferisco avere qui i miei amici, ma potrei sopportare la casa vuota se non fosse per il fatto che voglio provarci con Josie.

O meglio, *ri*provarci.

Il fatto è che so che Josie mi vuole. A guardarci bene, è ovvio. Anche se, come dicevo, si fa desiderare, mi concede sempre *quel tanto che basta* da farmi capire che prova indubbiamente qualcosa per me. Allora perché la tira così lunga? Immagino che le piaccia la caccia, l'attesa.

(E a essere sincero, non ha tutti i torti: la caccia è davvero eccitante.)

A me va benissimo guardare al futuro, andare avanti. Perché se ripenso ad alcune delle volte che ci ho provato con Josie… Be', anche quando mi è andata bene, poi si è rovinato tutto. La reputazione da mago degli scherzi… ha i suoi pro, ma indubbiamente anche i suoi contro.

Alla fine, perché stare a ripensarci? Le cose succedono, il passato è passato. L'unica cosa da ricordare di queste esperienze passate è che in tutte le occasioni Josie mi ha mostrato senza dubbio che da qualche parte, nel profondo, le piaccio. Ed è tutto l'incoraggiamento di cui ho bisogno.

Ha detto che stasera passerà. E domani ha un concerto… quindi rifletteteci. È lei che vuole venire.

Vuole vedermi.

Mi vuole.

Come darle torto?

BETTY

Caro diario,

Riverdale è la mia città, e io la adoro, persino dopo tutte le cose terribili che sono successe a me, ai miei amici, alla mia famiglia... a tutti quelli che vivono qui. Forse sono solo ingenua, troppo speranzosa, troppo "ragazza solare della porta accanto" (argh, detesto quella definizione)... ma non posso farci niente. Riverdale è parte di *me*. Ce l'ho nel sangue.

Certo, ho altre cose nel sangue. Tipo lo stesso DNA di Black Hood.

Il fatto che mio padre sia un serial killer.

E che anch'io abbia i miei segreti. Più neri del caschetto di Louise Brooks, e molto più aggrovigliati.

Perciò non criticarmi se avevo voglia di una serata normale, di un po' di svago con i miei amici. Una serata per far finta che fosse tutto a posto e che il padre di Veronica non fosse uno di quei cattivi da cartone animato che si arricciano i baffi con il dito. Che Archie non rischiasse davvero di finire in prigione, anche se era il ragazzo dal cuore più puro che avessi mai conosciuto. Una serata per non pensare al fatto che il mio fidanzato era legato a una gang, al fatto che ero stata appena nominata Regina dei Serpents e a cosa significava essere regina del Southside quando il Southside non era neanche più nostro.

Lo capisci, vero, il motivo per cui avevo voglia di ignorare tutto questo? Di nascondere tutto sotto il tappeto per qualche ora al massimo, di mettermi un po' di lucidalabbra e tirare fuori un sorriso? Certo che lo capisci.

Ma si trattava di *Riverdale*, dopotutto. Niente sarebbe mai potuto essere normale.

Almeno Jug era di umore discreto. So che non ama molto le feste (eufemismo del secolo). Ma quando io e Veronica gli avevamo chiesto di aiutarci a portare fuori Archie, Jug aveva capito subito che sarebbe stata una cosa positiva per il nostro amico. E chissà quante "cose positive" poteva ancora aspettarsi Archie... e per quanto tempo.

La mamma era fuori di testa. (Sai che novità.) E dire che fra Polly e i gemelli in casa e la sua ossessione per l'inquietante Fattoria e per Edgar Evernever (che nome *assurdo*) sarebbe dovuta essere abbastanza impegnata. Ma Alice Cooper era la regina del multitasking. Riusciva a ridefinire totalmente la propria personalità e il proprio stile di vita in base a quello sciamano-ciarlatano new-age e a trovare comunque il tempo di tormentare la figlia minore. Quella che sottolineava che l'imperatore Evernever era CHIARAMENTE un ciarlatano.

Ero in camera mia ad arricciarmi le punte della coda con l'arricciacapelli, facendo attenzione a non friggermi le dita, quando la mamma si affacciò sulla soglia. «Elizabeth Cooper! Dove credi di andare, signorina?»

"Signorina." Era il segnale che si prospettava una bella scena. O meglio, una pessima scena. Scappare sarebbe stato più difficile del previsto.

Cercai di far finta di non essere preoccupata, come se la sua presenza non mi agitasse minimamente, anche se le vene mi pulsavano come per una scarica elettrica e se dovetti mordermi il labbro per non mettermi a urlare a squarciagola.

Mantieni il controllo, Betty, ordinai a me stessa. È l'unico modo per battere mia madre. Era una lezione che avevo imparato milioni di volte ormai. Appoggiai l'arricciacapelli e mi spruzzai in testa la lacca, che riempì la stanza di un forte, asfissiante profumo di lillà. Cercai di non tossire.

«Esco, mamma» risposi calma. «Vado da Reggie. Organizza una roba.»

«Una "roba". Cioè una festa. Senza adulti?»

Alzai gli occhi al soffitto. «I suoi genitori sono fuori città, sì. Ma dai, ci saranno solo degli studenti della Riverdale.»

Lei sbuffò. «"Solo" studenti della Riverdale? Immagino che ci sarà anche Archie. Lo sai che non approvo che lo frequenti. O magari ci saranno altri studenti della Riverdale come Jason Blossom, quello che ha spezzato il cuore a tua sorella?»

Sbattei la mano sul ripiano della specchiera. Altro che calma. L'arricciacapelli rimbalzò e sfrigolò, bruciando il legno. Merda. Lo spensi. «Mamma! Smettila. *Jason è morto.* Polly ha perso l'amore della sua vita... il *padre* dei gemelli. La stupida vendetta della nostra famiglia contro i Blossom non ha alcun senso. Non è servita ad altro che a spingere papà a commettere crimini indicibili nel nome di una presunta epurazione morale. Dobbiamo staccarci da quell'idea.»

«Da che pulpito» ribatté mamma, con gli occhi spiritati. «Se razzolassi come predichi, saresti molto più in salute.»

Sospirai e presi il mascara. «Di che diavolo stai parlando?»

«Continui a reprimere ciò che provi nei confronti di tuo padre, Elizabeth. Non sei neanche andata a trovarlo...»

«Ci sono stata» la interruppi, e quel ricordo mi fece rabbrividire. Guardare mio padre dritto nei freddi occhi verdi, così simili ai miei, era stato terrificante. Il carcere non gli aveva causato nessun rimorso. Non credo neanche che l'avesse reso più umano. Gli avevo detto "Non c'è più orrore", ma lui non aveva battuto ciglio. Mi aveva risposto che io e lui ci somigliamo.

Nei miei incubi, mi chiedo se sia così. Temo che possa avere ragione.

A volte le pillole sono l'unica cosa in grado di scacciare quei pensieri. La cosa assurda è che l'anno scorso è stata la mamma a impormi di prendere l'Adderall per la concentrazione. Io facevo solo finta di prenderlo. Adesso invece le nascondo che vedo uno psicanalista e che mi falsifico le ricette. Quante cose possono cambiare in un anno.

E anche se l'ultima cosa che volevo era avere altri segreti, non potevo parlarne con i miei amici. Di niente di tutto quello.

«Ci sei stata *una volta sola*. Hai bisogno di elaborare ciò che provi, di affrontare i tuoi sentimenti. Edgar dice che...»

«Risparmiami cosa dice Edgar, okay?» gridai, abbastanza forte da farla arretrare per un attimo. «Solo perché tu e Polly vi siete lasciate trascinare in una setta, perché è di questo che si tratta, mamma, non significa che mi ci farò tirare dentro anch'io. Se credi che Edgar Evernever possa insegnarti il segreto per stare "emotivamente bene", ti stai ingannando da sola. Ma non ingannerai anche me.» Mi voltai verso di lei, respirando a fatica. Le medicine rendevano tutto duro e nitido, come il cristallo. Mi tenevano lucida. Anche se mia madre era più fuori che mai.

«Lo so che Archie non ti piace, ma non mi importa. È il mio migliore amico, mamma, e questo non cambia solo per via di quello che sta succedendo...»

«È *sotto processo*, Betty.»

«Sappiamo entrambe che Archie è innocente. E noi lo dimostreremo. Quindi non provare a metterti in mezzo.»

Le si riempirono gli occhi di lacrime e per un attimo riuscii a scorgere un barlume del suo cuore, di quella parte di lei che mi voleva bene e che mi avrebbe sempre vista come la sua bambina, la figliola perfetta che aveva bisogno di protezione. Sembrava triste e vulnerabile. Mi fece quasi pentire di averla ferita, per quanto involontariamente.

Quasi.

«Non lo capisci, Betty?» chiese, in tono implorante. «Non c'entra il fatto che mi piaccia o meno Archie Andrews, anche se ammetto che in passato non ho apprezzato molto il suo comportamento. E poi è *pazzo* a non averti mai chiesto di uscire con lui.»

«Mamma!»

Alzò una mano per zittirmi e proseguì. «Non si tratta e non si è mai trattato di quello. Non proprio. Ma Archie è nei guai e questo significa che potresti finirci anche tu.» Avanzò verso di me e io mi bloccai. Mi prese una mano e con l'altra mi scostò un ciuffo immaginario dalla fronte. «Sono tua *madre*, Betty. Proteggerti sarà *sempre* il mio compito più importante. E farò *qualsiasi cosa* per tenerti al sicuro.»

Pur controvoglia, deglutii forte e lasciai che mi stringesse in un abbraccio. Profumava di acqua di rose e ammorbidente. «Mamma» le dissi, staccandomi dopo un istante, «il punto è proprio questo. Non *puoi* proteggermi. Ci sono successe cose orribili in questa città! Black Hood è venuto a Riverdale. E si è scoperto che era *uno di noi*. Viveva con noi, sotto il nostro stesso tetto. Era tuo marito. Mio padre. Il *sangue del mio sangue*. Una delle disgrazie peggiori che siano capitate a questa città, che di cose orribili ne ha viste eccome... ed era parte della nostra famiglia. Non c'è modo per proteggermi da questo.»

Ecco, avevo detto le cose come stavano. Erano *quelli* i sentimenti che non riuscivo a elaborare, i terribili sussurri che mi attraversavano il cervello la notte.

«Ti voglio bene, mamma» continuai «ma *difenderò* Archie, che ti piaccia o no. Farò qualsiasi cosa per tenerlo *al sicuro*.» Sorrisi. «Ti suona familiare?»

Rise, pur con riluttanza. «Sarai pur figlia di tuo padre, ma senza dubbio sei anche figlia mia.» Mi strinse forte la mano. «Non dimenticarlo: Dio solo sa quanto è stato difficile quest'anno, ma tu *non sei tuo padre*. Toglitelo dalla testa.»

Non sapevo come rispondere, perciò sviai il discorso. «Vado» dissi.

La mamma sospirò. «Promettimi solo che farai attenzione, Betty.»

"Fare attenzione"... cosa significava, poi? Stavo facendo di tutto per dimostrare l'innocenza di Archie *ed ero* immersa in un processo per omicidio. Avevo catturato Black Hood io stessa. Il concetto di "fare attenzione" era così lontano che non lo vedevo *più* neanche col binocolo. Ma non potevo certo dirglielo, quindi feci soltanto un cenno con la testa.

«In questa città sono *davvero* successe cose orribili, Betty» aggiunse lei, con la voce tesa. «Molte più di quelle che verrai mai a sapere.»

Ebbi un brivido. Non sapevo a cosa si riferisse, ma una volta tanto non ero nemmeno sicura di *volerlo* sapere. La verità si stava rivelando insostenibile. Irimmaginabile.

Mi squillò il telefono. Lanciai un'occhiata allo schermo. «È arrivato Jughead» annunciai. «Devo andare.»

4

JUGHEAD

"Sono strano. Sono un tipo strambo." Praticamente è il mio mantra, la prima cosa che ho detto a Betty quando ci siamo messi insieme. È importante tirare fuori subito queste cose, soprattutto se si è "lo spiantato con il berretto che insidia la ragazza della porta accanto". (Per citare sua madre, che indubbiamente ci sa fare con le parole. Del resto, è una scrittrice. È strano pensare che io e Alice Cooper abbiamo qualcos'altro in comune, oltre a Betty.)

A ogni modo, Betty sapeva in che cosa si stava cacciando quando aveva scelto di uscire con il J.D. Salinger della Riverdale High. E anche se mi piace tenere un profilo basso, mi sono sentito più che sollevato, persino felice, anche se non sono proprio un tipo solare, per il fatto che Betty non solo volesse stare con *me*, ma avesse anche accettato di essere la mia Regina dei Serpents quando mio padre si è ritirato dalla gang. Se avevo intenzione di prendere le redini dei Serpents? No, certo che no. Non all'inizio. E poi c'erano… delle complicazioni, degli svantaggi in questo ruolo. Noi Serpents avevamo una certa reputazione, anche se non ce la meritavamo del tutto.

Ma un Serpent la pelle non se la toglie mai. L'avevo imparato bene. E i Serpents si erano presi cura di me quando non avevo nulla, quando mi sembrava che tutto il resto stesse andando in rovina. Dicono che il sangue è più denso dell'acqua, certo. Ma a volte la famiglia è ancora più potente.

Quindi Betty era fedele a me ed entrambi eravamo fedeli ai Serpents. E adesso sembrava ancora più importante, con i piani di Hiram Lodge di eliminare il Southside ancora in fase di definizione (ma non per questo meno sospetti) e con la gang senza un posto dove stare, relegata in una specie di baraccopoli ai margini del Northside.

Se *quello* non aveva fatto scappare Betty, voleva proprio dire che lei era la mia Katharine Hepburn e io il suo Spencer Tracy.

Dovevo mostrarle la mia fedeltà anch'io. E fu così che un eremita certificato uscito dritto dall'ufficio casting delle comparse, uno spiantato con il berretto come me, si ritrovò a una festa scatenata con birra a fiumi a casa di Reggie Mantle, lo stereotipo dell'atleta presente in tutti i film adolescenziali degli anni Ottanta.

Se fossi riuscito ad arrivare a fine serata senza trovarmi un mentore anziano e saggio, senza imparare l'antica arte guerriera del karate e uscendo indenne da un montaggio del mio addestramento a colpi di stracci con un medley new-wave come colonna sonora, sarebbe andato tutto bene. *Decentemente*, almeno. Betty se lo meritava: la mia ragazza non aveva niente da invidiare a Katharine Hepburn.

Peccato solo che l'avessi persa.

Non in senso tragico e permanente. Non riuscivo a trovarla, ma era già abbastanza brutto. Magari non ci sarebbe stato un montaggio dell'addestramento alle arti marziali, ma *di certo* ci sarebbe stata la scena del ragazzo alternativo incompreso che schivava i compagni *cool* in cerca della sua fidanzata.

Non era la trama che speravo avesse la serata quando avevo accettato di uscire.

Ero andato a prendere Betty a casa sua, come d'accordo, e le avevo mandato un messaggio per avvisarla che ero arrivato. Non perché non volessi fare il cavaliere, ma perché lei me l'aveva ordinato esplicitamente, sapendo che sua madre avrebbe cercato di impedirle di uscire, rilassarsi e cercare di fare l'adolescente normale in quel folle incubo alla Wes Craven che era diventata la nostra cittadina, un tempo idilliaca.

Andammo a casa di Reggie sulla mia moto; quando accostai, Betty si ritrovò a parlare con Kevin Keller. Era imbarazzante, dato che il padre di lui era l'ex sceriffo e che Betty si stava dando così tanto da fare per il caso di Archie. Le colpe dei padri ricadono sui figli e tutta quella roba che dice la Bibbia. A

Betty non importava per nulla, ma questo non rendeva le cose meno imbarazzanti quando ci trovavamo con alcuni dei nostri amici e compagni.

Spensi il motore e la osservai da lontano mentre salutava gli altri; notai che incurvava un po' le spalle, come faceva sempre quando era agitata e cercava di nasconderlo. E dire che lo scopo della serata era divertirci e rilassarci.

Peccato che mi sentissi già accapponare la pelle.

Archie e Veronica non erano ancora arrivati, e loro sostanzialmente costituivano la mia intera cerchia sociale. La porta del garage di Reggie era tenuta aperta con un fermo: dentro c'era una ressa incredibile. Anche se mi sembrava di lanciarmi direttamente nell'inferno (una follia anche nelle migliori delle circostanze, e chiaramente quelle non lo erano), mi infilai in casa.

Una volta entrato, cercai di ricordare se c'ero mai stato prima. Io e Reggie non eravamo propriamente amiconi. Avevamo Archie in comune, il che significava che Reggie *di solito* evitava di tormentarmi tanto quanto avrebbe fatto altrimenti. Di solito. (Un vero signore, eh?)

Restava comunque uno stronzo. Certo, non era difficile capire perché: i suoi genitori erano da ricovero e il suo destino era segnato. Però abbiamo tutti la nostra croce genitoriale da portare. Perché mai Reggie dovrebbe avere la licenza di non comportarsi in modo umano?

"Sei qui per Betty", ricordai a me stesso, facendo dei respiri profondi. L'aria era pesante, sapeva di birra e sudore. "Non importa chi è il padrone di casa."

E infatti *non* importava. Sarebbe stato estremamente sgradevole in ogni caso.

Ma Betty *dov'era*?

Mi feci strada tra quella massa di corpi sudati e appiccicosi nella stanza umida e stracolma. Non riconoscevo nessuno... No, un attimo, c'erano due River Vixens, le leccapiedi ufficiali di Cheryl Blossom quando lei non era *on the road* con Toni Topaz, come Jack Kerouac.

Girai l'angolo, dirigendomi verso una porta che sembrava un bagno, o forse uno sgabuzzino...

... e andai a sbattere addosso a Ethel Muggs.

«Jughead! Scusa!» balbettò lei. Con le guance in fiamme, lanciò un'occhiata alle mie spalle, tesissima.

«Ehi, Ethel. Tranquilla, tutto a posto. Sono io che non ho guardato dove andavo, scusa. Cercavo Betty. L'hai vista?»

«No, mi spiace» rispose lei. «E tu hai visto Ben? O Dilton?»

«Dilton Doiley?» Cercai di nascondere la mia sorpresa. Difficile immaginarlo lì. Bastava dire che il signor Survivor della Riverdale High era forse la persona più improbabile da incontrare a una folle festa studentesca, dopo il sottoscritto.

«Uhm, sì.» Aveva un tono aspro, come sulla difensiva. Che fosse perché ero sorpreso che cercasse Dilton? O forse ero soltanto paranoico io, mi immaginavo cose inesistenti. Nella casa l'aria era così pesante che mi sentivo il cervello appannato. Dovevo trovare Betty.

«Io, Dilton e Ben dovevamo vederci qui» spiegò Ethel, che quindi forse era *davvero* sulla difensiva. Archiviai quell'informazione per rifletterci quando avessi avuto la testa più sgombra, non si poteva mai sapere. Se c'era una cosa in cui io e Betty ce la cavavamo alla grande, era indagare sulle situazioni strane. Nell'ultimo periodo avevamo avuto un sacco di occasioni per allenarci...

«Ma loro sono in ritardo. Dovevano essere qui mezz'ora fa e io voglio andarmene. Credo proprio che qualcuno abbia appena vomitato nel vaso di quel ficus.» Fece una smorfia.

«Bleah. Okay, capisco. Meglio che tu li trovi e che ve ne andiate. Ci sono tipo mille persone accalcate nel garage» dissi. «Magari puoi controllare se sono bloccati là in mezzo?»

La fronte le si distese, come se in qualche modo l'avessi rassicurata. «Ci vado subito. Grazie, ottima idea, Jughead.» Mi tornò in mente che aveva avuto un ruolo importante nel gruppo che aveva smascherato quei maiali della squadra di football nella loro gara a chi "combinava" di più con le ragazze, quando Chuck aveva fatto uscire di testa Betty. A ripensarci mi veniva ancora una rabbia da Hulk (nella versione originale di Lou Ferrigno). Ethel era stata forte e coraggiosa, bisognava indubbiamente guardare oltre l'apparenza.

Speravo che Ben e Dilton fossero pronti per lei, se li avesse trovati.

«In bocca al lupo» le dissi, lanciando un'altra occhiata alla porta che avevo visto. Non era entrato né uscito nessuno da lì mentre parlavo con Ethel. Non avevo ancora la più pallida idea di dove fosse Betty.

«Controlla di sopra» suggerì Ethel, leggendomi nel pensiero e indicando oltre la porta. «Se non è lì dentro, intendo. C'è un altro bagno su. E poi tutte le camere da letto, sai. Magari qui c'era troppa folla e troppo rumore e Betty ha cercato un posto più tranquillo.»

«Troppo rumore? Qui? Che follia, Muggs.» Lo dissi gridando, per sottolineare il concetto. Riuscii a strappare un sorriso a Ethel; poi ci salutammo e ciascuno proseguì la sua ricerca.

Bussai alla porta e tesi l'orecchio. Non sentii nulla, ma quello probabilmente dipendeva dal frastuono assordante intorno a me. Bussai di nuovo, più forte, e mi avvicinai ulteriormente, anche se sapevo che non sarebbe servito a nulla. Afferrai il pomello e lo girai per vedere se era chiuso a chiave. La porta si spalancò.

«Ehi, signorino. Bussare pareva brutto?» Josie McCoy si stava discretamente sistemando i ricci definiti. Il cerchietto con le orecchie di gattina, il suo marchio di fabbrica, era un po' storto; Josie se lo rimise a posto, poi si asciugò qualcosa di invisibile sotto l'occhio.

«Scusa, non avevo capito che fosse occupato. Comunque, chiudere a chiave è un'ottima idea.»

«Grazie per il consiglio» ribatté lei, alzando gli occhi al soffitto. «Ci ho provato, la serratura dev'essere rotta. Comunque, magari cercati un altro posto per incipriarti il naso.» Era scostante e sarcastica persino per i suoi standard da diva del pop.

«Sto solo cercando Betty...» Mi interruppi di colpo quando mi accorsi di chi *altro* c'era nel bagno con Josie. «Sweet Pea?»

Cioè, l'unica cosa che avrebbe potuto stupirmi di più sarebbe stato se Josie fosse uscita dal bagno con uno dei replicanti di *Blade Runner*. Oppure, non so, con Jigsaw, l'*Enigmista*. In effetti a Riverdale probabilmente era un'opzione appena più plausibile.

Immagino che si capisse dalla mia espressione, perché Josie sembrava furiosa. Sweet Pea la superò schivandola. «Jug. Amico, tienilo... per te e basta.» Mi lanciò un'occhiata intensissima che però mi era difficile prendere troppo sul serio, visto che aveva una macchia di lucidalabbra sul mento.

Alzai le mani. «Certo. Muto come una tomba. Mi conosci,

sono meglio di una cassaforte.» Feci finta di chiudermi a chiave le labbra. Ed ero davvero deciso a tenere il segreto per me. Avevo un sacco di esperienza con le coppie improbabili e non volevo certo rivelare l'esistenza di quella prima che loro due fossero pronti. «Mea culpa.»

«Comunque ce ne stavamo andando» disse Josie. «Devo vedere le mie gattine.»

«Pensavo che...» Mi interruppi. Non era affar mio se le Pussycats si erano riunite o sciolte per l'ennesima volta.

Josie si accorse che mi ero trattenuto e mi fece un sorriso ironico. «Domani abbiamo un impegno speciale. Solo una serata. Quindi oggi abbiamo in programma di fare un po' di casino prima del concerto.»

«Sembra sfiancante» risposi. «Lo lascio volentieri a te.»

Era quello che pensavo della maggior parte delle cose. Finora quel motto mi era stato molto utile nella vita.

5

ETHEL

Forse è un test. Al Re Gargoyle in effetti piace metterci alla prova. Voleva che gli dimostrassimo la nostra fedeltà, il nostro valore. E io ero pronta a quella sfida. Non vedevo l'ora, a dire la verità.

Per certi versi mi sembrava che tutto, tutti gli eventi più svariati e dolorosi della mia vita, mi avessero portata lì, al Gioco. Trovare il mio nome nel quaderno in cui Chuck e gli altri della squadra di football annotavano le loro imprese. Scoprire che mio padre aveva perso i risparmi di una vita... e che la persona che l'aveva truffato era il padre di una delle mie nuove amiche. Era tutto collegato in un orrore incessante e spietato.

Il tentativo di suicidio di mio padre. Vedere che faceva fatica a riprendersi. Vedere mia madre che soffriva ed era preoccupata per lui. Starmene sdraiata sul letto a fissare il soffitto, notte dopo notte, pregando che lui guarisse. Che tutti stessimo meglio.

Lottare ogni giorno (tutti quanti, per questioni grandi e piccole), ora che i nostri risparmi erano svaniti. Rinunciare alle cose superflue e ai lussi frivoli. Fare a meno di tutte le cose che non erano considerate essenziali, ma rendevano la vita quotidiana infinitamente più tollerabile. Piccole gioie speciali... ce le avevano rubate tutte.

Ma il Re Gargoyle non prendeva. Lui *dava*. Faceva promesse. Ci bisbigliava cose allettanti. Ci diceva che potevamo riprenderci quelle gioie e quei lussi, se solo gli avessimo dimostrato la nostra fedeltà.

E quindi io lo facevo. Quando ci venivano rivelati gli incarichi, io gioivo per l'opportunità di emergere nel gruppo, agli occhi del Re.

Nel Gioco avevo trovato le cose che volevo, che desideravo. Una comunità, uno scopo. La sensazione di un'entità più potente che ci governava tutti. E sapete qual era l'unica cosa ancora fuori dalla mia portata?

Dilton Doiley. E Ben, il mio principe.

Ero rimasta sorpresa anch'io.

Il freddo mi si insinuava nella schiena, nelle ossa, mentre tornavo da casa di Reggie. Un'altra notte buia a Riverdale, un'altra stradina secondaria avvolta nelle tenebre di quella cittadina traditrice in cui ero nata. Credo che nessuno di noi fosse più veramente al sicuro lì. Un ramoscello si ruppe in lontananza, facendomi sussultare. Ma rendermi conto che era stato soltanto il vento non fu una gran consolazione.

L'assassino di Jason Blossom era morto. Black Hood era dietro le sbarre. In teoria, il male che si celava nelle strade di Riverdale era stato domato.

Ma solo in teoria.

Conoscevo l'oscurità. Mi seguiva, mi cercava.

Quando i ragazzi (prima Dilton e poi Ben) mi avevano trovata e reclutata per il loro gioco, avevo sperato...

Mi ero concessa un flebile barlume di ottimismo, avevo sperato che se Dilton... be', se avesse visto qualcosa in me, se solo... mi avesse *notata* come io avevo notato lui... forse insieme saremmo stati più potenti dell'oscurità.

Non mi aspettavo di provare qualcosa per Ben. Non mi aspettavo niente del genere.

Il Gioco ci aveva uniti. Nella Fox Forest, giù nel bunker di Dilton... noi tre lavoravamo per il Re. Per ascendere, anche se all'epoca non usavamo ancora quel termine. Ma nel frattempo ci stavamo anche legando fra noi, tessendo un intreccio che per me era un'ancora di salvezza.

Quella sera ero andata da Reggie per vederli, ma potevo sopportare il fatto che non si fossero presentati. Dopotutto non avevamo accordi precisi, ed ero sicura che fossero impegnati con il Gioco, intenti ad assicurarsi che i codici, gli incarichi e le prove del Re Gargoyle venissero rispettati. Che noi tre fossimo pronti per lui.

Mi fidavo di Dilton. Mi fidavo di Ben. E mi fidavo del Re.

E anche se, come sempre, provavo la sensazione pulsante e allarmante che qualcuno (o *qualcosa*) si nascondesse nel buio, nelle zone più selvagge di Riverdale...

Sapevo che alla fine sarei ascesa al prossimo livello. Sarei diventata completa. E Dilton mi avrebbe vista come la regina di cui tutti avevamo bisogno.

VERONICA

Era lontano anni luce dalle serate leggendarie del Bungalow 8 a New York, ma dovevo riconoscere che la festa improvvisata di Reggie era davvero un successo. Un gruppetto di River Vixens mostrava la nostra ultima coreografia sul tavolino da caffè del soggiorno (non potei trattenere una smorfia: speravo proprio che il piano ricoperto di vetro firmato Philippe Starck reggesse). La casa pulsava al ritmo regolare dei bassi; oltre il soggiorno, sul fondo della cucina, vidi diversi Bulldogs sudati che tracannavano birra facendo la verticale sul barile. Ecco che mi ritrovavo in un film di John Hughes in cui facevo la parte della principessina privilegiata e altezzosa che si sentiva incredibilmente fuori posto in mezzo al popolo.

Ero lì per Archie. L'intera serata era stata pensata per lui, ovviamente. Ma, considerando la sua resistenza, era difficile ricordarsi perché, in mezzo a quel caos confuso e vorticante.

Sentii un rumore disgustoso, mi voltai e vidi qualcuno curvo su una pianta in vaso. Di chiunque si trattasse, di sicuro non si era saputo regolare. Scorsi un'altra figura, con i riccioli ramati che le cadevano sul colletto della camicia (*Ethel?*), che vedendo quella scena ebbe un sobbalzo, si voltò e poi sfrecciò lungo il corridoio. Prima che riuscissi a chiamarla, qualcuno abbassò le luci del soggiorno e alzò il volume dello stereo, già insostenibile: mi sembrava che la musica pulsante uscisse direttamente dal mio cervello. Dire che non ero dell'umore giusto per una festa era un eufemismo colossale, e quella sensazione cresceva da un nanosecondo all'altro.

Attraversai la cucina dando meno nell'occhio che potei e presi un bicchiere con un drink rosso che sembrava punch. Ne bevetti un sorso: era coraggio liquido, un breve istante di felicità, e ovviamente ne avevo bisogno. Scossi i capelli, cercando di sciogliere un po' la morsa di tensione che mi attanagliava il collo. Mandai giù un altro bel sorso e per un attimo i contorni della stanza si offuscarono.

Aria. Avevo bisogno d'aria. E di uno spazio personale di trenta centimetri quadrati, se non era chiedere troppo.

(Probabilmente lo era. Sembrava che *l'intera* scuola fosse lì.)

Decisi di cercare un angolino più tranquillo, riprendermi e poi trovare Archie. Sapevo che eravamo appena arrivati alla festa, ma se lui si stava divertendo quanto me (#ironia), magari era ora di andare.

Il corridoio del piano di sopra di casa Mantle era pieno di foto di famiglia. Sembrava di camminare dentro un filmato in time-lapse: le foto scolastiche di Reggie ben allineate, poi una serie di scatti dei Bulldogs alle cerimonie annuali di premiazione. Un elegante ritratto del giorno del matrimonio: la signora Mantle sembrava avere poco più dell'età di Reggie, avvolta in quel delicatissimo pizzo bianco.

Mi resi conto che stranamente in quella galleria mancava una foto di Reggie *con* i suoi genitori. Quell'assenza era piuttosto evidente e rendeva un po' più facile provare empatia e dispiacere per Reggie, nonostante il suo bisogno costante di incarnare lo stereotipo del bullo della scuola.

Abbiamo tutti i nostri traumi, e bisogna riconoscere che Reggie Mantle di solito c'era sempre quando c'era bisogno di lui.

Esserci. Era quello che avevo cercato di fare per Archie, non solo quella sera, ma ogni giorno dopo il suo arresto. Era stato tutto inutile?

La voce di Archie fluttuò nella mia direzione, un'oasi nel deserto. A quanto pareva, in quella festa non ero l'unica a cercare un rifugio.

A giudicare dal suo tono di voce, però, Archie non sembrava averlo trovato.

«Te lo assicuro, Betty, era davvero aggressivo.» La conversazione giungeva da una camera da letto alla mia destra. Quella di Reggie? Possibile. Non ero mai stata lì.

«È *Reggie*.» Percepii il nervosismo nella voce di Betty, quella lieve tensione che indicava che la mia migliore amica stava facendo del suo meglio per portare pazienza, anche se era al limite. Come tutti noi, del resto. «È tipo nel suo DNA essere aggressivo. È fatto così. Lo sai. Sono tutte… spacconate.»

«Be', sembrava tutto molto reale quando mi *spacconava* in faccia.»

«Te la prendi troppo.»

«Ah sì? L'ultima cosa di cui ho bisogno adesso è pensare a lui che ci prova con Veronica mentre io sono in galera.»

Merda. Era *quello* che gli aveva detto Reggie? Mi sentii stringere la gola.

Avevo sentito abbastanza. Entrai di colpo nella camera, senza neanche preoccuparmi di far finta di non aver ascoltato.

«Mi scusi, Ser Galahad» dissi, agitando una mano dalle unghie curatissime in direzione di Archie. «Posso ricordarle che questa damigella non ha bisogno di un cavaliere dall'armatura scintillante per salvarsi da un vile nemico? *Se* mai Reggie Mantle decidesse di insidiare la sottoscritta, spero che tu sappia che sono perfettamente in grado di tenergli testa.» Il drink che mi ero bevuta nello stomaco si era trasformato in una sfera di fuoco che mi dava la carica.

Betty sollevò una mano. «Tranquilla, Veronica. Reggie stavo solo cercando di farlo innervosire, *come suo solito*, e Archie si è agitato un po'. È comprensibile» aggiunse, lanciandogli un'occhiata prima che potesse protestare.

Archie scrollò le spalle incredibilmente larghe; il modo in cui le abbassò mi fece venire voglia di abbracciarlo, scostargli i capelli dalla fronte e promettergli che sarebbe andato tutto bene, cosa che ovviamente non potevo fare. «Forse in effetti ho perso un po' il controllo» disse lui. «Ho… un sacco di cose per la testa.»

«A dir poco» concordai, andando verso di lui. Lo abbracciai e mi appoggiai contro il suo petto. Era caldo e sodo e il pensiero che rischiasse di essere spedito via, che non avrei più potuto vederlo e perdermi fra le sue braccia, era davvero troppo. «Siamo tutti pieni di pensieri.»

Guardai Betty; sotto le lunghe ciglia scure, gli occhi erano arrossati e tormentati. «Betty, stai lavorando giorno e notte al processo di Archie e nel frattempo hai i tuoi problemi a casa.»

Lei deglutì. «Non voglio spostare l'attenzione su di me… ma

è così. La mamma e Polly… sono impossibili. Non mi lasceranno in pace finché non accetterò di dare una chance alla Fattoria… e a Edgar Evernever.» Ebbe un tremito. «Hanno subito il lavaggio del cervello e vogliono trascinarmi nel baratro con loro.»

«*Non* permetteremo che succeda» risposi con convinzione.

«E che dire di te, Ronnie?» fece notare Archie. «La faccenda del mio processo è il colpo di grazia al rapporto fra te e tuo padre.»

«In senso letterale.» Quella voce mi fece sussultare, finché non mi resi conto che sulla porta c'era Jughead, con le labbra curvate in un sorriso sardonico. Fece un cenno a Betty. «Ecco dov'eri finita.»

«Mi stavi cercando?»

«Sei sparita nel nulla. Sono stato costretto a parlare con la gente.»

Lei sorrise. «Mi spiace, so che lo detesti. È solo che… c'è troppa gente di sotto.»

Jughead inarcò un sopracciglio. «Non me ne parlare. Ho avuto una conversazione assurda con Ethel, e poi…» Si interruppe di colpo. «Lasciamo perdere. Diciamo solo che ho raggiunto il mio limite di interazioni sociali per oggi.»

«Sinceramente anch'io» intervenne Archie. Mi guardò con aria affranta. «Lo so che ci tenevi tanto che ci prendessimo una pausa da tutto il resto, che uscissimo una sera, Ronnie. È solo che…»

«Non sta funzionando. Lo capisco, Archie-bello. Persino una creatura sociale sofisticata quanto me a volte può fare proposte sbagliate. E quindi adesso vi propongo di andarcene.»

«Mi dispiace tagliare la corda. Volevi tanto che ci divertissimo, V» disse Betty, mordicchiandosi il labbro.

«Esatto, amica mia: volevo che ci *divertissimo*. Trangugiare del punch corretto mentre gente a caso vomita nell'angolo del soggiorno e il padrone di casa sparge in giro il suo testosterone *non* è affatto divertente. Quindi ce ne andiamo.» Mi venne un'idea. «Ma non significa che dobbiamo andare *a casa*. Qualcuno ha fame?»

Come se ci avessero dato un segnale, io, Archie e Betty ci voltammo tutti verso Jughead, che scoppiò a ridere. «Beccato» ammise. «Ho sempre fame.»

«E Pop's sia» sentenziai. «Basta chiamare l'autista che venga a prenderci.» Tirai fuori il telefono dalla mia borsetta nera di Balenciaga e mi accigliai. «Solo che mi si è scaricata la batteria.»

Feci per prendere il cellulare di Betty dalla sua borsetta rosa trapuntata; eravamo come sorelle, l'avevo già fatto centinaia di volte, ma lei si ritrasse, come per tenermi lontana. Cercai di non guardarla male, ma non riuscii a trattenermi del tutto.

«Scusa» disse lei, notando la mia espressione. «È... sepolto sotto mille cose. Aspetta che lo tiro fuori.»

«Certo.» Tentai di non fissarla mentre ripescava il telefono dalla borsa, ma era impossibile distogliere completamente lo sguardo. Aveva ragione, era indubbiamente *sepolto* in fondo, nascosto sotto tutta la sua vita, perché le ci volle qualche secondo per frugare nella borsa e recuperarlo.

Cercavo di essere discreta, ma era impossibile non accorgersene.

Notai le sue mani, le cicatrici a mezzaluna che si creavano quando stringeva troppo i pugni perché ciò che provava diventava insopportabile.

Le mani che afferravano la cover di plastica fucsia del cellulare, spingendo da parte... qualcosa di familiare. Qualcosa di totalmente innocuo nelle giuste circostanze.

Un lampo, qualcosa di plastica arancione con un tappo tondo bianco. Un tubetto con un'etichetta.

Era un *flacone*. Un flacone di medicinali. Nella borsa di Betty. Di per sé, non significava nulla.

Però lei non voleva che lo vedessi, che sapessi che lo portava con sé. Quello cambiava tutto.

Non era né il luogo, né il momento giusto per fare domande. Ma non avevo dubbi su ciò che avevo visto. La mamma aveva abbastanza farmaci nell'armadietto dei medicinali da fare da sola il remake de *La valle delle bambole*. Sapevo che aspetto avevano i flaconi di medicine. Ero capace di aprire il tappo a prova di bambino con i denti. (È un cliché dire che si tratta di una delle prime cose che ti insegnano alla scuola privata nell'Upper East Side? Perché è così.)

Sapevo che la madre di Betty aveva cercato di farle prendere l'Adderall. Lo scorso autunno, alla ripresa della scuola. Ma Betty non lo prendeva mai, diceva sempre che non le piaceva come la faceva sentire, che le faceva salire il cuore in gola.

Ma quello era l'anno scorso. Nel frattempo, erano cambiate tantissime cose, per tutti noi.

Forse stava cambiando anche Betty.

Lei mi sfiorò il polso, scuotendomi dai miei pensieri. «Ecco» disse, passandomi il suo cellulare. «Chiama l'autista e andiamocene.»

6

Ethel:

Dove siete, ragazzi? Nn dovevamo vederci da Reggie stasera?

Dilton:

Scusa, c'è stato 1 imprevisto.

Ethel:

Le strade sembrano pericolose. C'è un'aria pesante.

Ethel:

Credo ke mi stiano seguendo.

Ethel:

Preferirei andare in 1 posto sicuro.

Dilton:

Nn posso raggiungerti adesso. Vai al bunker, è sicuro.
Ben arriverà appena può.

Dilton:

E stai in guardia.

***

HL:

Il ragazzo ha accettato?

PP:

Fa resistenza. Mi serve più tempo.

HL:

Non avevi tutto sotto controllo?

PP:

I miei ragazzi sono fedeli. Serve solo un po' di opera di persuasione. Credo sia distratto, ma non lo sarà per molto.

HL:

Per il nostro bene, spero proprio di no.

***

Sweet Pea:

T! Xké 6 partita proprio nelle settimane + incasinate dell'estate? Guai dappertutto, e io voglio solo starne fuori.

Toni:

Nn faccio fatica a crederci.

Sweet Pea:

Cosa vorresti dire?

Toni:

T 6 scordato ke sono cn Cheryl, ke è la migliore amica di Josie McCoy? Amico, ricordati ke ho okki e orekkie ovunque. Nessuno dei tuoi segreti è al sicuro.

Sweet Pea:

Tanto NN c sono segreti a Riverdale. Ma nn mi interessa, il problema è il resto. Roba da Serpent/Ghoulie.

Toni:

Dai, nn posso farci niente da qui.
Posso sl dirti di tenere 1 basso profilo.

Sweet Pea:

C sto provando. Nn so x quanto… riuscirò a tenere a bada certa gente.

ARCHIE

Mi dispiaceva essermi mostrato così felice quando Ronnie aveva proposto di andarcene da casa di Reggie e ripiegare su Pop's. Voleva soltanto che ci prendessimo tutti uno stacco. Ma casa di Reggie era la scelta sbagliata, serviva solo a ricordarci quello che rischiavamo di perdere. Volevo passare gli ultimi giorni di libertà con i miei amici. Ma mi ero reso conto che volevo passarli *solo* con i miei amici. Non con un branco di Bulldogs che si davano alla pazza gioia.

Il tragitto per arrivare al Chock'Lit Shoppe fu abbastanza breve da limitare al minimo i convenevoli tra me e Veronica. Normalmente non eravamo a disagio se ci capitava di stare in silenzio, ma adesso le cose erano cambiate, con l'arresto che incombeva su di noi. Quella sera, però, in quel preciso momento, il silenzio pareva la cosa migliore.

Veronica si piegò verso di me. Mi posò la testa sulla spalla e fece scivolare la mano nella mia. «Credo che abbiamo dato prova di grande coraggio andando alla festa» disse. «Ma non ho bisogno di tutta quella folla. Così è meglio.» Sospirò.

Le posai un bacio sulla testa. «Sono assolutamente d'accordo.»

L'auto sterzò di colpo, facendoci sobbalzare. Ci fu un gran stridore di freni e Veronica mi finì addosso.

«Che succede?» chiese, raddrizzandosi e scostandosi i capelli dagli occhi. L'autista aveva accostato e messo in folle.

«Le chiedo scusa, signorina Lodge. Una ragazza ha appena cercato di attraversare la strada senza guardare, ci si è parata davanti all'improvviso. Credo che sia una vostra compagna di scuola.»

Veronica abbassò il finestrino oscurato per vedere di chi si trattasse. Era Ethel Muggs; sembrava scossa e un po' stordita. Alla luce della luna notai che aveva delle occhiaie profonde, probabilmente aveva dormito malissimo.

«Ethel?» chiamò Veronica, sganciandosi la cintura e sporgendosi dal finestrino. «Stai bene? Che ci fai in mezzo a una strada buia? Un provino per *Scream 5000*? Non è una buona idea, amica mia.»

Ethel scosse la testa e parve uscire dal suo stato di trance. «Come?» Ci guardò come se ci vedesse per la prima volta. «Oh, Veronica. Ciao. Io… mi sono distratta.»

«Parrebbe proprio di sì. Fai attenzione.» Le fece un cenno. «Ti serve un passaggio da qualche parte? Dove devi andare? Lascia che ti accompagniamo.»

«No, sto bene» insistette Ethel. Aveva un'espressione tesissima. «Dovevo vedere Dilton. E Ben.»

«*E dove?*» chiese Veronica, indicando la strada deserta. «Vieni al Pop's con noi, andiamo a mangiare qualcosa.»

«Grazie» rispose Ethel. «Magari dopo. Sto bene, sul serio. Andate pure. Non è...» Lanciò un'occhiata al cielo e le ombre le attraversarono il viso. «Non è sicuro qui fuori, almeno non credo.»

La sua voce divenne un bisbiglio roco. «Lui ci sta *osservando*.»

Veronica aggrottò le sopracciglia. «Okay, hai vinto cento punti per la battuta più inquietante, Ethel, te lo concedo. Ma di chi parli? Chi ci sta osservando?»

Ethel ebbe un tremito. «Lasciamo perdere. Non avrei dovuto dirlo. È tutto a posto. Andate... e basta. Rifugiatevi al chiuso. Lo farò anch'io. Ci vediamo...» Fece una pausa. «Be', ci vediamo a scuola la prossima settimana.»

Giusto. La scuola cominciava la settimana successiva, dopo il Labor Day. Ci sarebbero stati tutti. E in teoria ci dovevo andare anch'io. Li avrei rivisti tutti là.

A meno che non mi giudicassero colpevole.

Ronnie sembrava a disagio. «Okay» disse infine. «Sei adulta e vaccinata. Ma ascolta, mandami un messaggio se hai bisogno di qualcosa, okay? Veniamo a prenderti.»

Ethel fece un sorriso tirato che non le arrivava agli occhi. «Certo, Veronica» disse, sempre a bassa voce. «Sei una buona amica.»

Fece un rapido cenno di saluto e proseguì lungo la strada. La guardammo diventare sempre più piccola man mano che si allontanava, con un'aria confusa e, a essere totalmente sincero, anche un po' spaventata.

«Ripartiamo, signorina Lodge?» chiese l'autista.

«Uhm, sì» rispose Veronica, chiudendo il finestrino. Si girò verso di me. «Spero che stia bene.»

«Starà bene» risposi. Trasmettevo molta più certezza di quella che mi sentivo dentro. Non avevo proprio alcun motivo per pensarlo, se non la fiducia cieca. «Staremo bene tutti.»

Sperai davvero che fosse così.

7

BETTY

Caro diario,

penso che Veronica l'abbia capito.

Non ne sono proprio sicura, e *di certo* non glielo chiederò, ma c'è stato quel... *momento*, quello sguardo che mi ha lanciato mentre cercavo il cellulare. Non gliene faccio una colpa, in effetti sono uscita di testa quando mi ha preso la borsa. Una reazione folle, e lei naturalmente se ne è accorta, ma non sono riuscita a trattenermi. Le pastiglie mi rendono tesa. Ma... ne ho bisogno. Da quando hanno messo papà in prigione, non riesco più a dormire. E non sto esagerando. Non riesco a ricordare quando è stata l'ultima volta che ho dormito più di mezz'ora di fila. Passo ore e ore a letto, a contare i minuti che passano sullo schermo del telefono, quella lucina blu che splende nel buio, ascoltando soltanto i pensieri deprimenti che mi vorticano nella mente.

Al mattino, quando finalmente sorge il sole, guardo il cielo che si accende di rosa, poi d'oro, e mi sembra di sprofondare. Mi sento gli occhi pesantissimi e le *ossa* affaticate, come se il solo pensiero di alzarmi dal letto mi procurasse dolore fisico. Ma non posso permettermi di cedere, né di arrendermi. Nemmeno in queste giornate estive, senza scuola e senza lavoro.

Gli altri ragazzi si godono le vacanze. Io no, almeno non adesso. Devo lavorare di continuo e fare tutto quello che posso per aiutare Archie. Non posso abbassare la guardia neanche per un minuto. C'è in gioco la *vita* di Archie, il suo futuro.

Ed ecco il perché delle pillole. E di quell'orribile sensazione di avere l'elettricità che mi scorre nelle vene e lo stomaco in caduta libera. Perché senza le pillole non saprei come fare tutto questo. E *devo* farlo.

La cosa assurda è che la mamma cercava di farmi prendere l'Adderall da una vita. Lo scorso autunno andava a ordinarmi farmaci su farmaci che io non passavo nemmeno a ritirare. Eppure non credo che approverebbe se venisse a sapere che mi falsifico le ricette usando il nome di un medico immaginario, ormai da mesi.

Da quando papà è stato arrestato.

Non so come ho fatto a passarla liscia, ma ci sono riuscita. E sono anche riuscita a tenere tutto segreto... finora.

Veronica. Le ha *viste*. Forse non sa *esattamente* cos'ha visto, ma sa riconoscere un tubetto di medicinali. E *mi conosce*, quindi se non sono totalmente in sintonia con me stessa lei lo capisce al volo. E questo significa che è solo questione di tempo prima che mi tocchi raccontare tutto.

«Terra chiama Betty.» Ero rimasta persa nel mio mondo per l'intero tragitto da casa a Pop's. Jughead scese dalla moto e sorrise. Mi tolse delicatamente il casco e mi sfiorò la guancia con un dito. «Ci sei? Per un attimo hai avuto una specie di fuga allucinatoria tipo *Westworld*.»

«Scusa.» Lo baciai. «Non era una fuga, ero solo persa. Distratta. Archie era così sconvolto a casa di Reggie. Come se temesse davvero di poter perdere V quando... be', se dovrà andare via.» Non riuscivo a pronunciare la parola "carcere". Dirla ad alta voce era quasi come accettarla. Non eravamo ancora arrivati a quel punto, non potevamo arrivarci.

Jughead scrollò le spalle. «Tu la conosci meglio di me. Chiaramente è legatissima a lui, ma chi lo può dire? Archie potrebbe... be', stare via per un pezzo. Le cose capitano.»

«Ma cosa dici! Le cose non "capitano" e basta, Juggie. E Veronica è innamorata di Archie, non lo tradirà. Lo capirebbe anche lui, se non avesse altri pensieri per la testa.»

«Volevo solo dire che capisco perché ha reagito così, solo questo. Credo che sia giusto concedergli di essere un po' teso in questo momento, tutto considerato» spiegò Jughead. Mi posò un braccio sulle spalle e mi guidò verso l'entrata di Pop's.

«Okay. Ma *noi* non possiamo permettercelo, neanche se è così che ci sentiamo. Dobbiamo essere forti.» Era a quello che servivano le pillole, dopotutto. Mi facevano battere il cuore all'ennesima potenza.

«Chiamami Iron Man.» Fletté il bicipite, che mi sfregò la schiena.

«Mio eroe. Sarò felice di essere la tua Pepper Potts.» Grazie al cielo potevo contare sul fatto che Jughead non perdeva mai la calma.

In quei giorni non ero sicura di potermi fidare di me stessa.

Da Pop's non c'era quasi nessuno. Immaginai che fossero tutti ancora alla festa di Reggie. Veronica e Archie si erano messi comodi sui nostri soliti divanetti, proprio di fianco alla porta, e Veronica chiacchierava con Pop. Tecnicamente adesso lui era un suo dipendente, visto che lei era proprietaria del locale. Ci sarebbe voluto un altro po' di tempo per farci l'abitudine, anche se Veronica non lo faceva pesare.

«Betty, Jughead!» Veronica si illuminò nel vederci entrare. La campanella tintinnò mentre la porta si richiudeva dietro di noi. «Non so come abbiamo fatto ad arrivare prima di voi. Abbiamo avuto un incontro stranissimo con Ethel Muggs.» Fece una smorfia per indicare che era ancora confusa. «Comunque abbiamo appena ordinato due milkshake. Ne volete anche voi?»

«Io preferisco mangiare qualcosa» rispose Jughead, sistemandosi sul divanetto di fronte a loro. «Tipo un cheeseburger, cottura media. E degli anelli di cipolla.» Sembrò rifletterci. «Magari anche dei sottaceti extra. In agrodolce.»

Pop rise. «Nient'altro?»

«Delle patatine» ribatté Jug, senza perdere un colpo. «Super croccanti.»

«Dovevo immaginarlo» commentò Pop. «E per te, Betty?»

Guardai i bicchieroni di milkshake coperti di condensa davanti ad Archie e Veronica. Lei aveva preso il suo preferito, doppio cioccolato. Quello di Archie era di un rosa acceso: fragola. Mi si rivoltò lo stomaco nel vederlo succhiare dalla cannuccia. Altro effetto collaterale delle medicine: un alveare intero che viveva nella mia pancia. Che fossi destinata a sentirmi sempre così finché Archie non fosse stato scagionato definitivamente?

«A dire il vero non ho molta fame, Pop.» Era un eufemismo. «Ruberò qualche patatina a Jug.»

«Questo è quello che credi tu» mi prese in giro Jughead. Lo infilzai con un dito.

«Davvero, non prendi niente?» chiese Veronica. Alzò un sopracciglio nella mia direzione. Io e lei non siamo di quelle che mangiano tutto scondito.

«Sul serio. Ho mangiato abbastanza prima di andare alla festa. Una cena coi fiocchi.»

In realtà avevo giocherellato con il pollo e le verdure che avevo nel piatto finché alla mamma non era parso accettabile permettermi di alzarmi da tavola. Sinceramente non riuscivo a ricordare l'ultima volta che avevo fatto un pasto vero. Quel pensiero mi fece venire la nausea. L'alveare in fermento dentro di me aveva cose più importanti da fare che digerire il cibo. «Magari un po' di caffè» dissi. «Decaffeinato» mi corressi, vedendo gli sguardi degli altri. Ricordati dell'insonnia, Betty. Come se non fossi già abbastanza tesa.

«Un decaffeinato in arrivo.» Pop si infilò la matita dietro l'orecchio, rimise il blocco delle ordinazioni nella tasca davanti e tornò dietro al bancone a preparare quello che avevamo chiesto. Mi sentivo ancora gli occhi di tutti quanti puntati addosso. I palmi mi facevano male per la forza con cui stringevo i pugni quand'ero stressata.

E in quei giorni lo facevo sempre.

«Dicevi di Ethel?» chiesi, puntando i gomiti sul tavolo. «Cosa stava facendo?»

Veronica scosse la mano. «È stato... be', forse non è stato niente. Spero che non fosse niente. Ma camminava da sola, per la strada, in quella curva dove non c'è luce. Sembrava davvero fuori. Abbiamo dovuto sterzare di colpo per evitarla.» A quel ricordo aggrottò le sopracciglia.

«Oh mio Dio! Ma sta bene?»

«Sì, sta bene. Agitata, ma non mescolata, come il Martini di James Bond. Le abbiamo offerto un passaggio, ma non ha accettato». Scrollò le spalle. «Come dicevo, *très* insolito, ma sembrava che non ci fosse niente che potessimo fare per lei, davvero.»

«Diceva che stava cercando Dilton. O forse lo doveva incontrare?» ha chiesto Archie.

«Spero che l'abbia trovato» ho detto io. «O che abbia trovato qualcun altro.»

Pop fece scivolare un piatto fumante di patatine fritte davanti a Jughead, che le inondò immediatamente di ketchup e ci si avventò sopra. Mentre mangiava, gli tornò in mente una cosa: «Lo stava cercando anche da Reggie. Mi pareva strano. Dilton a una megafesta».

«Ah, Riverdale, la cittadina dove ogni cosa deve essere strana» sospirò Veronica.

«È passato di qui stasera» intervenne Pop, rabboccandomi il caffè anche se non l'avevo quasi toccato.

Jughead alzò gli occhi. «Dilton?»

Pop annuì. «Con quel ragazzo, quello che lavorava con te al Twilight, Jug.» Indicò un altro divanetto e noi ci accorgemmo di non essere completamente soli nel locale.

Jughead deglutì. «Ben. Giusto. Ethel diceva che doveva incontrare anche lui.» Jughead fece un cenno di saluto, ma Ben era appollaiato su uno sgabello all'altra estremità del locale e sembrava perso nei suoi pensieri. «Non sapevo nemmeno che loro tre fossero amici.»

«Be', è che di solito non stiamo lì a domandarci chi siano gli amici di Dilton» intervenni io «oltre agli Scout.» Ma naturalmente anche lui doveva avere degli amici. Tipi come Ethel e Ben, a quanto pareva.

«Stavano parlando di un gioco. Gargoyle e... re?» Pop scrollò le spalle. «Ne discutevano a voce bassissima.»

Ma che diavolo? Ci scambiammo tutti un'occhiata. Era qualcosa... di nuovo e di diverso.

«Dungeons and Dragons?» chiese Jughead. «Adesso che ci penso, non faccio fatica a immaginarmi Dilton immerso in un gioco come quello.»

Pop ci rifletté. «Forse, però mi pare proprio di aver sentito "gargoyle". Voi non lo conoscete?»

«Io no» rispose Jughead. Anche noi rispondemmo con uno sguardo confuso.

«C'è sempre qualcosa di nuovo con voi ragazzi» commentò Pop, scrollando le spalle. «Non tento neanche di restare al passo.»

Jughead sorrise: «Neanch'io, Pop. Neanch'io».

***

Polly:

Betty, dove 6? La mamma dice ke 6 andata a 1 festa con Jughead.

Polly:

Edgar e altri amici vengono da noi x la cerimonia della luna nuova. La mamma sxava proprio ke c fossi anche tu.

Polly:

So ke la Fattoria non fa per te, ma nn occorre ke tu la rifiuti in ttt e x ttt.

Betty:

Grazie, sto bene qui. Mi spiace ke la mamma sia delusa, ma le passerà. Torno + tardi.

Polly:

Betty, sono sicura ke se solo dessi 1 opportunità a questa cosa…

Betty:

No, grazie. Cell scarico. C vediamo dopo a casa.

***

Polly:

Mi spiace, nn vuole proprio venire.

Alice:

Ci hai provato, tesoro.

Alice:

Dobbiamo solo continuare a provare. Con più decisione, la prossima volta.

Polly:

Cosa vuol dire "provare con più decisione"?

Alice:

Credo che lo scopriremo al momento buono.

Polly:

Mi ha detto ke aveva il cell scarico. Sono quasi sicura ke fosse 1 bugia. O 1 scusa x kiudere la conversazione.

Alice:

Be', ho cercato di localizzare il suo telefono, ma l'ha spento. Che l'abbia fatto apposta o no, non ho modo di controllarla adesso.

Polly:

Mamma, lo sai ke nn va bene!

Alice:

Un passo alla volta, Polly. NON va bene... ma presto andrà meglio, te lo prometto.

POP TATE

Per quanto ci provassi, io quei ragazzi non li capivo proprio. Appena mi sembrava di essere venuto a capo di una cosa, ne saltava fuori un'altra, una moda nuova, un'altra sceneggiata o qualche altro guaio.

Immagino che fosse una costante in quella città. Combinare guai.

Anche se, a chiamarli guai, forse sembravano meno pericolosi. Si perdeva un po' di mordente.

Quel ragazzo, Jones, era un cliente fisso ancora prima di mettersi in testa di scrivere quel suo libro. E sarebbe il primo ad ammettere di non essere esattamente solare. Ma era stato solo quando era scomparso Jason Blossom che Jughead aveva deciso di andare a fondo, di cercare di mettere in luce l'oscura storia di Riverdale.

Come se ci fosse stato qualcosa da elaborare in modo chiaro, da comprendere.

Adesso Jughead e i suoi amici erano sulle tracce di quei guai. Dell'oscurità. E se fossero andati troppo oltre?

Certi posti erano davvero malvagi. E anche se dirlo mi faceva sembrare un vecchio pazzoide e superstizioso, restavo comunque della stessa idea. Mio padre stesso sosteneva di avere un po' di "luccicanza". Diceva che riusciva a vedere al di là di ciò che esisteva nel mondo fisico. E sarebbe stato tra i primi a ricordarvi che Riverdale ha un sacco di ombre di suo.

A partire dal primo omicidio tra i fratelli Blossom, al viscoso lato oscuro del commercio dello sciroppo d'acero. Dal Macellaio di Riverdale a Sugarman, fino a Black Hood. A tutte le Geraldine Grundy del mondo e agli avvistamenti del mostro "Sweetie" nel fiume Sweetwater ogni estate…

E poi gli annegamenti. Tutti improvvisi. Tutti inspiegabili. Troppi per essere una semplice coincidenza.

Dai Serpents nativi americani scacciati dalle loro terre alla casa dei Blossom rasa al suolo dalle fiamme appiccate da Cheryl. Dalla gente sepolta viva sotto l'albero della Mano del Diavolo alle storie che le ragazzine raccontavano quando (*se*) riuscivano a fuggire dalle Sorelle della Mansueta Provvidenza.

Quei caotici, tragici anelli formavano le catene che trascinavano Riverdale verso il fondo del baratro del male

La macchia di Riverdale aveva finito con lo sporcare anche Archie Andrews. L'unico ragazzo che traboccava bontà era stato colpito in pieno dal fuoco incrociato nel cuore di questo luogo.

Vedevo quei ragazzi tutti i giorni. Ascoltavo gli alti e bassi delle loro amicizie, la sofferenza e l'estasi delle loro storie d'amore. Li conoscevo bene, a volte quasi quanto i loro genitori. Talvolta anche meglio. Avrei fatto praticamente qualsiasi cosa per loro, anche rischiando la mia stessa vita. Ma non potevo salvare Archie Andrews.

Non se le tenebre di Riverdale lo volevano per sé.

8

FP:

Jug, sei fuori con Betty?

Jughead:

Stiamo mangiando qualcosa da Pop's, xké?

FP:

Hai più sentito Penny Peabody?

Jughead:

Sono secoli ke nn la sento e nn mi aspettavo di avere sue notizie. Xké?

FP:

Meglio, continua così.

Jughead:

Non c'è bisogno ke me lo dica tu. È successo qualcosa ke dovrei sapere?

FP:

Spero di no. Ma avvisami se ti contatta per QUALSIASI motivo. E se lo fa, qualunque cosa ti chieda, dille di no.

Jughead:

Capito. Complimenti x lo stile criptico. Molto evocativo.

FP:

Non è uno scherzo, figliolo. Tieni il naso fuori da questa faccenda.

Jughead:

Parola di lupetto.

FP:

Non sei uno Scout, figliolo. Parola di SERPENT.

Jughead:

Giusto.

JUGHEAD

Sapevo che non era proprio corretto dire "parola di lupetto" visto che non facevo parte degli Scout da quando Archie giocava nella Little League (e neanche allora partecipavo molto attivamente). Ma qualunque cosa papà avesse sentito dire, era davvero preoccupato che venissi coinvolto. In quel momento promettergli di tenermi fuori dai guai mi sembrava l'unica possibilità.

Anche se non ero certo di poter mantenere quella promessa.

Tenermi fuori dai guai era un concetto relativo, ed era molto più facile a dirsi che a farsi, quando c'erano di mezzo i Serpents. Soprattutto adesso che li avevano sfrattati e io ero il loro capo. Avrei evitato Penny Peabody (e anche volentieri), ma non potevo garantire che sarei riuscito a stare "fuori dai guai".

Qualunque voce fosse giunta a papà, probabilmente presto sarebbe arrivata anche a me. Di solito succedeva così, prima o poi.

Ma per il momento ero con Betty, Archie e Veronica, ci eravamo liberati con gioia della festa di Reggie Mantle e il vapore che emanava dalle mie patatine fritte riempiva l'aria di un profumo salato che mi faceva brontolare lo stomaco.

Afferrai di nuovo la bottiglietta di ketchup e inondai quello che restava delle patatine, poi me ne infilai una manciata in bocca. Uno stile un po' Cro-Magnon, lo ammetto; quando rialzai gli occhi, tutti e tre i miei amici mi stavano fissando a vari livelli di perplessità.

«Ho fame» dissi, scrollando le spalle. Del resto mi conoscevano, avevano visto molto di peggio.

«Quand'è che *non* hai fame?» mi prese in giro Veronica, prendendo un sorso abbondante di milkshake, ma riuscendo comunque a farlo con grazia. «Comunque più che altro ti fissiamo perché siamo davvero colpiti.»

«Già, se non ingrana la carriera del romanziere cupo, posso fare le gare di abbuffate» ribattei. «È sempre bene avere diverse opzioni.»

«A proposito...» disse Veronica, lanciando un'occhiata mogia al suo milkshake. «Anche se volevo tanto che questa serata fosse uno stacco, la festa è stata chiaramente un'idea sbagliata.»

Era un commento abbastanza innocuo, e comunque piuttosto inutile. Indicai il cheeseburger che Pop mi aveva appena piazzato davanti, con un tempismo perfetto. «Be', tutto è bene quel che finisce bene, no?»

«Sì, è vero» rispose lei. «Ma a proposito di opzioni.» *Ecco* il commento a cui mirava. «La festa è stata un'idea sbagliata, ma a parte quello...» Si agitò sul divanetto, a disagio. «A parte quello, mi pare che siamo *a corto* di opzioni. Per salvare Archie.» Si irrigidì tutta per la tensione.

Restammo tutti immobili nel silenzio greve di quella verità.

«Scusate, *detesto* fare l'uccellaccio del malaugurio, ragazzi» riprese Veronica, con la voce che le si spezzava. «È solo che... Non so. Anche se Reggie si è comportato come un uomo di Neanderthal quando ha detto che voleva portarmi via da te, Archie-bello...»

«Come se potesse riuscirci!» intervenne Betty.

Veronica annuì e continuò: «Be', a parte le sue spacconate, *esiste* la cupa possibilità che Archie finisca in carcere. E quindi... pensavo che una serata di svago avrebbe allentato la tensione. Invece ha soltanto rimarcato il fatto che potremmo non avere nessun'altra opzione.»

Archie le prese la mano. «Sei stata fantastica a provarci, Ronnie.» Guardò me e Betty. «Tutti voi siete stati fantastici. Cavoli, Jughead ha perfino affrontato una *festa in casa*. Questa sì che è amicizia vera.»

Feci un piccolo inchino scherzoso. «Sono stato un vero guerriero. Un re.» Mi fermai un istante. «Un re gargoyle, se vi piace l'idea.»

Sentii un rumore improvviso che proveniva dall'angolo del diner in cui era seduto Ben. Quando mi voltai a guardare, lo vidi cercare di asciugare il milkshake che aveva rovesciato. E, per quanto possa essere incredibile, avrei detto che le mani gli tremavano un po'...

Betty ebbe un brivido e Veronica si strinse nel cardigan attillato. «Non mi piace affatto» ribatté Veronica in tono tagliente. «No, neanche un po'.»

«Jug, non è divertente» mi rimproverò Betty. «Non mi piace l'idea che Dilton Doiley sia così preso da un gioco di ruolo dai risvolti oscuri.»

«E ti piacerebbe ancora meno se avessi visto gli occhi di Ethel prima» commentò Veronica. «Occhiaie scurissime.» Abbracciò Archie e si strinse a lui, come se facendo così avesse potuto proteggere entrambi.

Se solo fosse stato possibile.

«No!»

Il tavolo ballò, facendomi sussultare. Era stata Betty, aveva sbattuto con foga le mani sul piano. Era come se si fosse appena svegliata o avesse avuto un'epifania inquietante.

«No» ripeté, stavolta più forte. «Non lo accetto. Non parlo del discorso su Dilton ed Ethel, che pure è strano e mi sorprende» spiegò, vedendoci confusi. «Mi riferisco a quello che avevi detto subito prima, Ronnie. Su Archie. Mi rifiuto di accettare che siamo a corto di opzioni.»

«Betty, non voglio accettarlo neanch'io. Ma ormai resta solo l'udienza finale» rispose Archie, con la voce tesa. «E sappiamo tutti che mia madre non potrebbe essere più preparata di così, ma...»

«... ma deve sfidare l'incarnazione del demonio» intervenne Veronica «ovvero mio padre, Hiram Lodge. Il quale non esiterà a giocare sporco per raggiungere i suoi obiettivi.»

Gli occhi di Betty si riempirono di lacrime. «Non mi importa. Dobbiamo fare *qualcosa*. Qualcosa di più, intendo.»

«Più di quello che abbiamo fatto finora? Hai lavorato giorno e notte, Betty. Dovevano essere le tue vacanze» protestò Archie. «E le hai dedicate al mio caso.» La voce gli si ammorbidì. «Ascolta, hai fatto tutto quello che potevi. Più di quanto chiunque potesse pretendere da te. Sei un'amica meravigliosa. Una persona meravigliosa. Ma forse Ronnie ha ragione. Forse adesso siamo davvero a corto di opzioni. Forse non rimane che aspettare.»

In quel momento la sentii... quella lieve tensione, la scarica che mi scende lungo la schiena quando io e Betty fiutiamo qualcosa. Magari non sarà molto romantico pensare a me e alla mia ragazza come a due segugi in piena caccia, ma è una delle cose che mi piacciono di più di noi due. Siamo come Sherlock Holmes e Watson. O, come probabilmente direbbe Betty, come Nancy Drew e Ned Nickerson.

E noi *non* ci arrendiamo finché non risolviamo il caso.

Sotto il tavolo, presi la mano di Betty. Era stretta a pugno, sapevo che più tardi si sarebbe ritrovata i segni delle unghie. Gliel'aprii delicatamente e la posai sul mio ginocchio. Le sue dita irradiavano calore, come se il suo cuore alimentasse le mie stesse vene.

«Essere a corto di opzioni *non* è un'opzione valida» sentenziò lei, con determinazione d'acciaio. «C'è sempre qualcos'altro. Qualcosa di più. E io non ti lascio al tuo destino, Archie.»

«Ben detto» commentò Veronica, alzando il bicchiere quasi vuoto. «Cos'hai in mente, amica mia?»

«Shadow Lake. È lì che è stato ucciso Cassidy. È letteralmente la scena del crimine.»

«La Loggia dei Lodge... o i boschi lì intorno» annuì Veronica. Era il geniale nome che la sua famiglia aveva dato alla casa sul lago, un tempo rifugio per idilliaci weekend, ora sfondo della possibile rovina di Archie.

«Allora, secondo voi chi ha ucciso Cassidy?» chiese Veronica. «Dopo che Archie l'ha inseguito fuori dallo chalet.»

Era stata un'effrazione finita male: quattro teppisti incappucciati del paese avevano deciso di derubare i ricchi proprietari della casa per le vacanze che portavano soldi alla cittadina, ma al tempo stesso infestavano l'ambiente come scarafaggi all'ultimo grido, onnipresenti e refrattari a qualsiasi tentativo di tenerli a bada. Non so perché Cassidy e i suoi amici avessero scelto la Loggia dei Lodge quella sera; forse solo perché ci avevano visti al negozio in città a fare provviste e gli eravamo sembrati le comparse di un film sui ricconi snob che se vanno a far baldoria per il weekend? Quando erano piombati in casa, terrorizzandoci, non c'era stato tempo per fare domande. Veronica aveva premuto l'allarme silenzioso e Archie aveva fatto scappare i tizi fuori dalla baita... e poi erano risuonati degli spari. Due. Li avevamo sentiti tutti, anche se non avevamo visto chi avesse sparato.

«Archie, hai visto Andre nel bosco, no?» chiese Veronica, riferendosi all'autista di suo padre che a volte fungeva da guardia di sicurezza e prendeva il posto del maggiordomo della famiglia Lodge, Smithers, quando quest'ultimo aveva altri impegni... o quando c'era da fare un lavoro che richiedeva un po' più di olio di gomito di quello che riusciva a tirar fuori Smithers.

«Sì» rispose secco Archie, corrugando la fronte. «Non so... cosa sia successo esattamente. Ho sentito gli spari, proprio come voi, e poi ho visto Andre. Mi ha detto che se n'era occupato lui.»

«Ma cosa *intendeva*?» chiese Betty. Avevamo passato un numero infinito di ore a rigirare e analizzare quella domanda. «Che aveva ucciso Cassidy?»

«Forse. Probabilmente. Non mi stupirei se la capacità di commettere omicidi fosse un requisito fondamentale per lavorare per mio padre. Spiegherebbe perché una persona così gentile come Smithers abbia bisogno di rinforzi.»

«Quindi Andre ha ucciso Cassidy...»

«E papà ha incastrato Archie. È incredibilmente chiaro nella sua duplicità, per essere frutto di una mente malvagia.»

«Però non possiamo dimostrarlo» commentò Archie, passandosi una mano fra i capelli; delle grosse ciocche gli rimasero dritte per aria.

«Non l'abbiamo *ancora* dimostrato» lo corresse Betty, stringendomi forte la mano sotto il tavolo. «Non significa che non siamo in grado di farlo. È possibilissimo che in qualche modo ci sia sfuggito qualcosa.»

«La polizia ha passato al setaccio la scena del crimine» obiettò Archie.

«Ne siamo sicuri?» ribatté Betty. «Sappiamo che è quello che ha detto il signor Lodge. Ma per esperienza sappiamo anche che è facile comprare i poliziotti. E poi, se c'è una cosa che abbiamo imparato, è che il signor Lodge non è…» esitò, lanciando un'occhiata a Veronica.

«Non è il più affidabile dei narratori» confermo Veronica, con lo sguardo duro. «Per dirla in modo gentile.» Tamburellò le unghie sul tavolo. «Ragazzi, credo che B abbia ragione. È una possibilità remota, ma è comunque una *possibilità*. Dobbiamo tentare.»

«E quindi cosa facciamo?» chiesi, anche se avevo già un'idea della risposta.

«Torniamo là» rispose Veronica. «Dov'è successo tutto. Setacceremo quei boschi finché non troviamo qualcosa. Una prova incontrovertibile dell'innocenza di Archie.

«Torniamo a Shadow Lake.»

ETHEL

Il luogo sacro è sottoterra, ovviamente. Come tutti i posti del genere: nascosti, celati agli occhi degli sventurati innocenti. Degli intrusi. Di coloro che ci ostacolerebbero.

Evelyn dice che Betty Cooper potrebbe essere una di quegli intrusi. E anche se lei e i suoi amici mi hanno mostrato lealtà in passato, adesso, con il Gioco… io devo mostrare fedeltà a qualcun altro.

Dilton ha costruito questo bunker, un rifugio per la nostra cerchia, per noi che vogliamo ascendere al Regno. Le scritture del re non ce lo impongono, ma a noi sudditi fedeli questo rifugio clandestino offre un elemento extra, unico. Ci eleva.

Controllo il telefono. Nessuna notizia da Dilton. Mi ha detto di restare sottoterra, al sicuro, e quindi lo farò. Preparerò questo luogo per lui e per Ben. Per gli altri che, con cautela, attenzione e determinazione, accogliamo nella nostra cerchia.

Mi cambio, togliendomi i banali vestiti "in borghese" e infilandomi la tunica eterea della Principessa Etheline. È leggera, trasparente, cucita a mano con cura e impegno. Accendo le candele, che emanano un profumo dolce e affumicato, cedro e incenso. Il bunker riluce alle fiammelle tremolanti. Mi raccolgo i capelli in una sottilissima corona di trecce.

La prima partita è il punto d'ingresso per ciascun giocatore. Il portale per un regno di grifoni e gargoyle. Per il regno magico di Eldervair.

Bisogna scegliere il proprio avatar: Cavaliere, Arcano Invocatore, Apocalittico.

Abbiamo già scelto, noi tre. La Principessa è mia. Ben ha scelto l'Apocalittico. Dovevamo ascendere insieme. Ma ultimamente ci sono stati dei bisbigli. Lui e Dilton... che abbiano dei piani per conto loro?

Il tarlo della preoccupazione mi attanaglia, come una spina nel fianco. Cerco di scacciarlo, di avere fiducia. Eppure mi chiedo...

Mi lasceranno indietro?

No. Non lo farebbero mai.

Devo avere fiducia. Questo gioco, questo regno... è nostro, di tutti noi insieme.

Preparo le carte della missione, disponendole sul tavolino pieghevole.

Riempio i calici. Fresh-Aid. Blu, ovviamente. Che stasera sia il nostro momento?

Mi accomodo. Respiro. Aspetto.

Parte II

LA CASA SUL LAGO

9

Benvenuti a Shadow Lake!

Far parte di questa esclusiva comunità vi garantisce la serenità mentale che si ottiene solo con la certezza di aver investito tanto nella qualità, quanto nella sicurezza.

Le singole abitazioni della nostra comunità non hanno numero civico. Troverete il vostro recapito postale nel pacchetto di benvenuto: vi suggeriamo di comunicarlo soltanto a persone fidatissime per proteggere la privacy collettiva, che verrà tutelata in modo assoluto.

Le nostre proprietà ampie e ben progettate vi garantiscono discrezione e privacy, ma potrete dormire sonni tranquilli sapendo che i terreni sono sorvegliati ventiquattro ore su ventiquattro dalle nostre guardie. La nostra priorità è la vostra sicurezza!

Come proprietari di un immobile di Shadow Lake, dovrete firmare un contratto di non divulgazione in cui garantirete il rispetto dello statuto della nostra comunità. Rispettare il nostro regolamento è obbligatorio e ogni infrazione sarà immediatamente giudicata dall'Assemblea dei Proprietari. Chi viola le regole potrà essere sfrattato all'istante. Firmando questo documento, i proprietari rinunciano alla possibilità di sporgere reclamo per danni futuri in caso di rescissione del contratto.

Shadow Lake ha una storia ricca e complessa. La comunità, fondata nei primi anni Venti, è subito diventata un rifugio ideale per i ricchi cittadini del nord-est in cerca di un rifugio estivo e dell'aria fresca di montagna. Ben presto Shadow Lake ha cominciato a contendersi con le vicine aree del Berkshire e dei monti Catskills i preziosi dollari dei turisti. Ciò che la rendeva unica era il suo resort di lusso, l'Overlook Lodge, situato sulla cima del monte Phoenix. L'Overlook mirava a distinguersi dagli enormi hotel *all-inclusive* mantenendo una struttura accogliente con appena dieci camere private, ciascuna con bagno, caminetto e servizio in camera di *haute cuisine*. Alla fine è stato riconosciuto come l'alternativa migliore alla classica vacanza di montagna in bungalow.

Purtroppo l'edificio originale è stato tragicamente distrutto nel 1977, quando un custode con problemi mentali ha provocato l'esplosione della caldaia centrale. Il caso è stato ufficialmente archiviato come incidente, ma le speculazioni abbondano ancora oggi. I ragazzi del posto raccontano che il fantasma del custode si aggira sulle rive del lago. Tenete gli occhi aperti: potreste scorgere "il signor Grady" a mezzanotte!

Dobbiamo ringraziare la Lodge Industries per la rinascita della comunità. Dopo l'incendio, l'azienda ha acquisito le rovine dell'hotel e i terreni circostanti per restaurare le abitazioni rimaste per la vendita a privati e riportare l'Overlook al suo antico splendore. Ancora oggi il presidente e fondatore Hiram Lodge utilizza l'edificio restaurato come residenza privata per la sua famiglia. Se lo vedete in città con la splendida moglie e la bellissima figlia, andate a salutarlo! Hiram è prima di tutto un capofamiglia che crede moltissimo nella comunità. Siamo felici che sia al timone di questo luogo così speciale.

VERONICA

«B, il tuo cellulare vibra da quando siamo saliti in macchina. È tua madre?»

Betty annuì, con aria colpevole, digitò qualcosa e poi rimise il telefono nella borsa. Mi guardò dall'altro lato del sedile posteriore. «È pazza, sai. Lei e Polly mi stanno sempre addosso ultimamente. Non riescono ad accettare che non voglia avere nulla a che fare con la Fattoria e con Edgar Evernever.»

Alzai gli occhi al cielo. «Amica mia, ti capisco. Ne so qualcosa di genitori pazzi. E non è colpa tua. Le hai detto che dormivi a casa mia stanotte, vero? Non hai parlato della baita al lago, no?»

Betty sorrise. «*Io* non sono pazza, V. Non l'avrei mai fatto. Sta ancora dando di matto, e se fa così pensando che io dorma da te, immagina cosa farebbe se scoprisse che invece stiamo andando alla baita.» Fece una smorfia come per dire "no, grazie", come se avesse appena sentito un sapore amaro.

Le diedi un colpetto sul ginocchio. «Non temere, amica mia. Non lo scoprirà. *Nessuno* lo scoprirà. Abbiamo coperto le nostre tracce come veri professionisti. *Giusto?*» Mi sporsi in avanti, in modo che Jughead e Archie mi sentissero dal sedile anteriore.

Jughead si era procurato una macchina tramite uno dei suoi contatti Serpent, perciò guidava lui verso lo Shadow Lake. Archie era seduto di fianco a lui, in teoria per dargli indicazioni, anche se la Loggia dei Lodge era la casa della *mia* famiglia, non della sua.

(Archie è così carino quando tenta di fare il macho. Era sessista che i ragazzi stessero seduti davanti e noi ragazze dietro? Forse sì, ma preferivo comunque stare di fianco alla mia migliore amica. Decisi che il *girl power* implicava potermi sedere dove mi pareva in macchina, anche se ero io ad avere le chiavi letterali del regno metaforico.)

«Giusto» confermò Jughead. «A dire il vero, mio padre era comunque un po' distratto. Non gli ha creato problemi il fatto che andassi a dormire "a casa di Archie", fra virgolette.»

«E *mio* padre avrebbe detto di sì a qualunque cosa implicasse, sempre fra virgolette, "un normale comportamento da adolescente"» commentò Archie. «È così teso per me e per il processo. Mi sento un po' in colpa.»

«*Non* dovresti» insistetti. «È la nostra occasione di trovare delle prove che ti scagionino, Archie-bello. E se ci riusciamo, i tuoi genitori saranno felicissimi che abbiamo mentito (anche se solo per questa volta). Te lo garantisco.» Feci una pausa. «Il fine giustifica i mezzi. Una grande verità.»

«Lo diceva Machiavelli, sai» sottolineò Jughead. «Non è proprio il *miglior* modello a cui ispirarsi.»

«A mali estremi, estremi rimedi» ribattei imperterrita. C'erano modi di dire per tutte le occasioni, a quanto pareva. E a volte bisognava giocare sporco per vincere... l'avevo imparato fin troppo bene da mio padre.

«Be', si tratta indubbiamente di mali estremi» commentò Betty. Stringeva le mani in grembo. Ormai conoscevo il linguaggio del suo corpo quasi quanto quello del mio... era pericolosamente vicina a cedere al lato oscuro.

E non era l'unica. C'era tensione nell'aria, una carica elettrica così potente da alimentare l'intera Las Vegas. Non volevo pensare a cosa sarebbe potuto succedere se i nostri "estremi rimedi" non avessero funzionato.

«Ma quindi *cosa* stiamo cercando?» chiese Jughead, lanciando una rapida occhiata indietro. La macchina piegò leggerissimamente nella direzione in cui lui aveva girato il collo.

«Guarda la strada!» ordinai.

«Certo, signorina Daisy» rispose lui. Si concentrò su ciò che vedeva oltre il parabrezza. «Cavoli, è davvero buio qui» disse. «Per la serie *Notte buia, niente stelle*.»

«Buffo» risposi. «Stavo pensando proprio a quello.» In realtà non era neanche lontanamente buffo, però mi rassicurava un po' sapere che tutti e quattro eravamo sulla stessa lunghezza d'onda.

«Arch» riprese Jughead, «questa è la stessa strada che abbiamo fatto quella sera. Per la... uhm, sai, la consegna per Penny Peabody.»

«Già» rispose Archie, con un tono che lasciava trasparire quanto poco gli piacesse ripensarci. «L'incrocio per Greendale è proprio là.» Indicò a destra con il pollice. «Cos'è che aveva detto Penny? "Greendale non è un bel posto dove stare di notte".»

«Esatto. E non aveva tutti i torti.» Jughead muoveva lo sguardo in ogni direzione, studiando il paesaggio. «Questa potrebbe essere la scena iniziale di sei o sette film horror. *Radio Killer. Wrong Turn - Il bosco ha fame. Non aprite quella porta.*»

Ebbi un brivido. Il cielo sembrava più scuro e minaccioso, più color inchiostro rispetto solo a pochi minuti prima. E anche se non eravamo ancora troppo fuori da Riverdale, c'era un *silenzio assoluto*, ancora più che nella nostra sonnolenta cittadina. Il tipo di silenzio che precede un cataclisma assordante. Anche se non ero un'esperta di film horror e di crimini reali come Jughead, persino io conoscevo il concetto di *troppo silenzio*. Ed era così, nonostante tutte le nostre chiacchiere nervose.

«Mettiamo un po' di musica?» proposi. «Archie, visto che sei nel posto del passeggero, sarai il DJ ufficiale di questa gita.»

Archie si protese in avanti e armeggiò con la paleolitica autoradio AM/FM. «Uhm, non c'è il Bluetooth» disse. «Niente MyTunes o Songify. Mi sa che ci toccherà ascoltare i canali che becchiamo.» Girò il selettore e il rimbombo di un'interferenza improvvisa ci fece sobbalzare tutti.

«Non è che sia meno inquietante del silenzio assoluto, Arch...» borbottò Jughead.

«Ci sto provando...» ribatté Archie, curvo sul cruscotto. Per un attimo il disturbo si interruppe. Dall'autoradio tuonò una voce profonda.

«E come i giusti saranno giudicati, così gli empi verranno puniti. Così è scritto e così sarà.»

«Oh, bene» commentò Jughead. «Siamo finiti ne *I figli del grano*. Molto rassicurante.»

«Quasi quanto tutte le tue citazioni di film horror» ribattei.

«Mi ricordo benissimo questo canale» proseguì Jughead. «È lo stesso che ascoltava quel tizio inquietante con il cervo morto sul retro del pick-up quando abbiamo forato con il camion e io ho dovuto chiedere un passaggio per completare il mio breve incarico da corriere della droga. Bei tempi. Un martedì sera come tutti gli altri, qui a Riverdale.»

«Era martedì?» chiese Archie.

«Non prendermi così alla lettera, Archie» rispose Jughead. «Intendevo solo dire che cercherò di diventare più solare soltanto quando Riverdale smetterà di essere così... *Riverdale.*»

«Okay, allora quando l'inferno si coprirà di ghiaccio» ribatté Archie.

«È proprio questo il punto, Archie» sottolineò Jughead. «Non hai sentito?» Indicò l'autoradio. «Questo è l'inferno. Ci siamo già.»

«Almeno siamo tutti insieme» commentò Betty, che continuava a far correre lo sguardo per tutta la macchina. Sembrava più nervosa e inquieta, anche considerando l'umore generale.

"Il flaconcino arancione." Che c'entrasse qualcosa con la tensione di Betty? Cosa mi stava nascondendo la mia amica?

Io e lei non avevamo segreti.

O forse qualche volta sì.

Probabilmente Machiavelli aveva detto qualcosa anche su quello, ma non volevo rimuginarci ulteriormente. Ogni tanto avevo la terribile sensazione di essere più simile a mio padre di quanto volessi ammettere. Cercai di spedire quel pensiero più a fondo del buco nero verso cui sembravamo diretti.

«Comunque non siamo più a Riverdale, ragazzi. Siamo a Greendale» sottolineò Betty.

«Che probabilmente è l'unica cittadina che potrebbe competere con Riverdale in quanto a stranezza» disse Jughead. «Ho sentito diverse storie. E non solo da Penny Peabody.»

«*Eccolo*, il lato positivo che stavamo aspettando tutti con ansia!» cinguettai.

«Jug... *attento!*» gridò Betty mentre l'auto sterzava di nuovo, stavolta molto più forte: l'auto sbandò di coda e i freni stridettero. Betty andò a sbattere contro il finestrino con un tonfo così forte che sentii male anch'io. «Ahi!» Si sfiorò cautamente la guancia.

«Betty!» L'auto sbandò di nuovo a destra e finì dritta oltre la riga bianca luminosa della corsia d'emergenza e poi sullo sterrato, sollevando nuvole di polvere che vorticavano e luccicavano come brillantini alla luce dei fari.

«Merda!» Jughead fermò la macchina e si allungò oltre il sedile per raggiungere Betty. «Stai bene?»

«Tutto... okay. Sto bene, Juggie. Sono solo un po' frastornata.»

«Hai preso comunque una discreta botta.» Balzò fuori dalla macchina e aprì la portiera posteriore per controllare meglio. Le posò una mano sotto il meno e le fece delicatamente piegare la testa. «Ti verrà un bel livido sulla guancia.» Le diede un bacio leggero su quel punto e Betty sorrise, anche se il contatto le strappò una rapida smorfia.

«E voi state bene?» chiese Jughead.

Scendemmo dall'auto e valutammo la situazione. Archie aveva sbattuto il ginocchio contro il cruscotto; gli faceva male, ma aveva subito infortuni peggiori sul campo da football. Io mi sarei dovuta tenere un bel segno a forma di manovella da finestrini vecchio stile sull'avambraccio per diversi giorni. Comunque eravamo stati fortunati.

«Poteva andare molto peggio, tutto sommato» constatai. Sfiorai il braccio di Betty. «Ma tu sei sicura di star bene? Credo che tu abbia preso il colpo più forte.»

«Mi dispiace tanto, ragazzi» disse Jughead con un'aria mortificata. «È solo che... qualcosa mi si è parato davanti di colpo.»

«Tipo un animale?» Qualunque cosa fosse, doveva essere piccolo, perché in un primo momento Jughead non l'aveva visto. Ma era difficile immaginare che un animaletto potesse provocare un caos del genere.

«Già» rispose Jughead. «*Quell'*animale, eccolo.» Sembrava sorpreso. «È spuntato dal nulla.» Lo indicò.

Era un gatto di taglia media, nerissimo. «Non c'è da stupirsi che tu non l'abbia visto» commentai. «Si mimetizza perfettamente in una serata come questa.»

Il gatto ci fissò... come se riuscisse a sentirci, a capire quello che dicevamo, e batté lentamente le palpebre. Normalmente adoravo il verde dorato degli occhi dei gatti, ma lì al buio, nel silenzio rotto soltanto dal ronzio del motore e dai grilli che frinivano, il micio pareva avere un'espressione di una consapevolezza irritante.

«Be', se stiamo tutti bene e la macchina è a posto, meglio che ci rimettiamo in marcia» proposi. «L'ultima cosa di cui abbiamo bisogno è farci trovare qui se per caso qualcuno ci ha sentiti sbandare e ha chiamato la polizia.»

«Ma non abbiamo fatto niente» protestò Archie.

Lo guardai alzando un sopracciglio e lui si zittì senza che dicessi nulla: sapevamo tutti per esperienza che non aveva importanza. Non sarebbe stata certo la prima volta che una persona innocente restava vittima della presunta "giustizia".

«Una cosa l'abbiamo fatta» sentenziò Jughead. «Detesto fare Capitan Ovvio, ma ci siamo infilati dritti dritti nella prima scena di un romanzo di Stephen King.» Scacciò il gatto. «Via!» Poi tornò a rivolgersi a noi: «Un inizio del genere non promette niente di buono».

Il gatto batté di nuovo le palpebre in quel modo pigro, quasi da rettile, e io mi sentii accapponare la pelle. Cos'era che avevo detto di Riverdale appena ero arrivata? Che era uscita dal romanzo *A sangue freddo*. «Okay, caro il nostro *scrittore*. E quindi cosa farebbero i personaggi di questo horror al posto nostro?» Per maggiore enfasi, feci risuonare sull'asfalto i tacchi a spillo dei miei stivaletti Louboutin aperti sulla punta.

«Be', quello che *dovrebbero* fare è rimettersi in macchina, fare inversione e tornare dritti da dove sono venuti. Senza passare dal via, senza ritirare i duecento dollari del Monopoli.»

«Ma noi non possiamo farlo» ribatté Betty, determinata.

«Giusto. E comunque non lo farebbero neanche in un romanzo. Dico solo che sarebbe una scelta da persone intelligenti e ragionevoli. Quindi non noi.» Fece una smorfia.

Nel frattempo, Archie era tornato al suo lato della macchina. «Ehm, ragazzi. Credo che abbiamo ancora meno opzioni del previsto.»

«Cosa vuoi dire?» chiese subito Betty, preoccupata.

«La gomma davanti è a terra.» Archie sospirò. «Non possiamo andare da nessuna parte finché non la sistemiamo.»

«Mi pare ovvio.» Jughead si tirò più giù il berretto sulle orecchie nonostante la densa, torbida umidità della notte. «Wes Craven non avrebbe potuto scrivere una scena migliore.»

Il gatto lanciò un sibilo sinistro e finalmente balzò via nel buio.

10

ARCHIE

"Credo che abbiamo ancora meno opzioni del previsto." Era così che avevo detto quando mi ero reso conto che avevamo forato.

Per certi versi aveva senso che fosse andata così: il gatto, la sbandata, la gomma a terra. Sembrava semplicemente che le cose avessero cominciato a precipitare da un po'. Tipo da... be', non mi piaceva ammetterlo o pensarci troppo, neanche fra me e me, ma da quando avevo fatto l'errore di cercare di entrare nelle grazie di Hiram Lodge.

Tutti mi avevano avvertito di non legare troppo con lui. Diavolo, persino *Veronica* mi aveva detto di stargli lontano. Quello avrebbe dovuto farmi ragionare. Ma lui era suo *padre* e... be', se devo essere sincero, volevo piacere al padre della mia ragazza. Era la semplice, stupida verità.

E sapete qual era la parte peggiore? Forse ancora peggiore di quello che stava capitando a me, tra l'arresto e il processo (perché, in qualche modo contorto, almeno quelle cose stavano succedendo a *me*, erano conseguenze del *mio* stesso comportamento e ricadeva su di *me* e solo su di *me*)?

Era il fatto che nel frattempo avevo tradito mio padre.

Avevo voltato le spalle all'unica persona che mi aveva protetto a qualsiasi costo, all'uomo che ammiravo da quando ne avevo memoria. E quindi sì, la sfortuna, le conseguenze e le ripercussioni, tutto quello che mi era rovinato addosso da quando mi ero inimicato Hiram Lodge aveva perfettamente senso. Io me lo meritavo.

Ma i miei genitori no, e neanche i miei amici. Nemmeno per sogno.

Eppure eravamo lì, io e i miei amici, bloccati sul ciglio della strada appena fuori da Greendale, che fra l'altro era il luogo dove aveva cominciato ad agire Black Hood. Ed era colpa mia.

«Jug, apri il bagagliaio. Vediamo se c'è una ruota di scorta.»

«Archie, adoro quando fai l'espertone di auto. Fa tanto uomo vero. Praticamente è una fanfiction già scritta.» Jug si sistemò i jeans e aprì la portiera anteriore, cercando alla cieca il pulsante per sganciare il bagagliaio; finalmente sentimmo un *clic* e vedemmo il portellone che si apriva.

Tirai fuori i bagagli: non avevamo portato molto, dovevamo stare via solo una notte, e anche se avessimo voluto restare più a lungo, non volevamo che qualcuno ci vedesse carichi di roba e si insospettisse. Il mio zaino, la tracolla di Jug, la borsa del portatile in pelle di Betty, con un cambio di vestiti che spuntava al posto del cavo di alimentazione. Una borsa pesante, dal profumo costoso e ricoperta di monogrammi che Ronnie si portava sempre dietro quando stava fuori la notte. Quando ebbi finito di appoggiarli sulla corsia di emergenza, per evitare che intralciassero eventuali auto di passaggio, Betty si mise alle mie spalle e mi fece luce con la torcia del telefono.

«Guarda, Arch» disse, illuminando un'apertura sul fondo del bagagliaio. «Tombola. Qui c'è un altro scomparto.»

Mi allungai per rimuovere la copertura e Betty si avvicinò, come se fossimo stati un chirurgo e un'infermiera in sala operatoria.

«Aspetta, rettifico la fanfiction. *Adoro* la mia ragazza in versione *Top Gear*» esclamò Jughead. «Scusa, Archie, ma devi ammettere che forse dovresti lasciare il comando a lei.»

Scossi la testa nello scorgere la sua smorfia, ma Jughead aveva ragione. Mi spostai per fare un po' più di spazio a Betty. «Vuoi che ti regga la torcia? Meglio che spegniamo i fari, altrimenti si scarica la batteria.»

Betty sorrise. «Grazie, Archie. Sarà un gioco di squadra. Comunque è una situazione in cui serve l'aiuto di tutti.»

«Puoi ben dirlo» commentò Jughead. Nella sua voce c'era qualcosa, una punta di paura, che mi fece voltare. Alle nostre spalle si stava avvicinando un'inconfondibile auto bianca con un lampeggiante blu sul tettuccio.

«Chi ha chiamato la polizia?» chiese Jug.

«Forse qualche buon samaritano ci ha sentiti sbandare e finire fuori strada» rispose Betty. «Bell'aiuto.»

«Ovviamente proprio nel momento in cui abbiamo meno bisogno di qualcuno che ci aiuti sul serio» aggiunse Veronica. Si guardò intorno, esaminando la scena. «Jug, togliti la giacca.»

«Come?» Jughead strabuzzò gli occhi. Distese le braccia avvolte nelle maniche di cuoio, quasi sorpreso di vederle. "Un Serpent la pelle non se la toglie mai", mi diceva quando lo tormentavo perché indossava la giacca dei Serpents tipo *sempre*, anche con l'afa estiva.

«Sospetto che un agente possa essere meglio disposto nei nostri confronti se...»

«Se fra noi non c'è un teppista» finì Jug, comprendendo la richiesta. «Va bene.»

«Mali estremi» gli ricordò Betty, parlando piano, come se avesse paura che lui ripetesse la solita solfa sui Serpents che non mutano pelle. Ma era una preoccupazione inutile.

Forse era *l'unica* cosa su cui poteva stare tranquilla.

La macchina della polizia accostò dietro di noi e si fermò con il lampeggiante acceso. Ne scese un agente in divisa. Poteva avere più o meno l'età dei nostri genitori, con la pancetta da birra che traboccava oltre la fibbia della cintura. Era grosso, come un ex giocatore di football, magari persino dei Bulldogs, ma non giocava da tempo, si capiva dalla pancia e dalle occhiaie profonde.

A prescindere da chi avesse segnalato l'incidente, non sembrava né preoccupato, né incline ad aiutarci. Negli occhi gli baluginava un luccichio cauto, come se non si fidasse di noi, se fosse sospettoso.

«State bene, ragazzi?» Aveva la voce bassa e roca. Nulla in lui dava l'idea di essere disposto a concederci il beneficio del dubbio.

«Tutto a posto, agente» rispose subito Jughead. Teneva la testa leggermente china e la voce bassa e suadente, il tono da "sto cercando di collaborare" che ricordavo fin dalle elementari, quando cercava di non farsi notare dai bulli tipo Reggie e i suoi amici.

«Hanno chiamato per segnalare un forte rumore, come di un'auto finita fuori strada.»

E quello non era un crimine, avrei voluto sottolineare, perciò non aveva motivo di fissarci in quel modo. Ma non mi azzardai, perché al di là di tutto restava la verità nuda e cruda: ero stato accusato di *omicidio*. Al momento ero in attesa del *processo*. Come potevo pensare di mostrarmi innocente, per quanto avessi voglia di protestare, di ribadire che non avevamo fatto altro che sterzare di colpo per evitare di investire un gatto spuntato dal nulla?

Tutte le proteste che mi venivano in mente mi sembravano insensate, perché, anche se non avevo ucciso Cassidy Bullock, di sicuro non ero *innocente*. Se lo fossi stato, non ci saremmo nemmeno trovati lì.

«Be', come vede, è andata proprio così.» Betty si fece avanti, sfoderando il sorriso da ragazzina timida che usava sempre con gli adulti quand'era necessario. Io, Jug e Ronnie la conoscevamo abbastanza da sapere che dietro quel sorrisino tremava dalla rabbia. «Un gatto è saltato in mezzo alla strada e...»

«Un *gatto*?» chiese l'agente, come se stessimo cercando di prenderlo in giro. «Se aveste detto magari un *cervo*, vi avrei creduto. Ma uscire di strada e forare per... un *gatto*?» Si grattò piano il mento, con cautela. «Non è molto credibile.»

«Quello che *vedo*, agente, è che lei sembra molto più interessato a tormentare un gruppo di ragazzi innocenti, i quali, vorrei aggiungere, sono chiaramente in difficoltà con la macchina, che non a offrirci il suo aiuto.» Veronica parlò con voce acuta e tagliente. Fissò il poliziotto, sfidandolo, chiedendogli di lasciarci perdere, *per favore*.

«Ronnie» mormorai piano. Ovviamente aveva ragione lei. L'agente avrebbe dovuto controllare che stessimo effettivamente bene piuttosto che cercare di smontare quello che gli avevamo raccontato. Ma il senso di colpa e la paura mi si erano piantati nel ventre, tondi e pesanti come una palla da bowling. Volevo solo comportarmi in modo gentile per spingere il poliziotto ad andarsene.

Purtroppo Ronnie *non* è il tipo di persona che si fa da parte e si comporta gentilmente tanto per fare. Men che meno se vengono prese di mira le persone a cui vuole bene.

È una delle cose che adoro di lei, anche se quello non mi pareva il momento giusto per reagire così.

«Signorina, moderi i toni.»

«Veronica...» provò a dire Betty, posandole la mano sulla spalla.

Veronica si scostò. «Credo che sia *lei* che deve considerare cosa penserà il sindaco di Riverdale del modo in cui ci sta trattando.»

«Perché non lasci che mi preoccupi io del sindaco, ragazzina? Dubito che gliene freghi qualcosa di una robetta del genere» rispose lui, in tono più minaccioso.

«Ne è sicuro? Perché posso sempre chiamarla.» Veronica sollevò il cellulare. «È la prima della mia rubrica, salvata come "Mamma". Le dia un colpo di telefono, chieda a lei se davvero non gliene frega niente di questa, come la chiama lei, "robetta": sono sicura che risponderebbe subito.» Veronica era raggiante. «A me risponde sempre.»

«E quindi sei la figlia dei Lodge?» L'agente sembrava essere riuscito a collegare le cose.

«Veronica Lodge. La sola e unica.» Gli tese la mano, che lui strinse con riluttanza.

«E tua madre è Hermione Lodge, il sindaco» continuò l'agente, mettendo insieme gli ultimi tasselli.

Veronica annuì, sempre radiosa come non mai. Sapeva essere davvero affascinante, quando voleva.

«E tu sei... la figlia di Hiram Lodge.»

«Il mio caro paparino? Esatto, è proprio lui. Lo conosce? Se è così, probabilmente può immaginare quanto sarebbe contento di sapere che sua figlia è finita fuori strada e l'agente che è giunto sul posto era più interessato a interrogare lei e i suoi amici che ad aiutarli.»

Avevo molti dubbi che al signor Lodge importasse qualcosa, specialmente in quel periodo e soprattutto se avesse saputo che c'ero anch'io su quella macchina, ma il poliziotto sembrò bersi la storia di Veronica. "Brava la mia ragazza."

«Ma io ve l'ho chiesto se stavate bene» protestò l'agente, che all'improvviso sembrava preoccupatissimo. «È la prima cosa che vi ho domandato.»

«Vero, vero.» Veronica tamburellò un'unghia con lo smalto perfetto sul cellulare; adesso lo stava punzecchiando. «Quindi forse non dipende da quello che ha detto, ma da come l'ha detto.» Scrollò le spalle. «O forse me lo sono solo immaginato. Ma non devo essere io a decidere!» Gli tese il telefono, con aria di sfida. «Diamo uno squillo a papino. Sono sicura che non gli dispiacerà che il suo sabato sera venga interrotto da questa storia.»

Il poliziotto sospirò e per un attimo fui *io* a preoccuparmi. Poteva crearci guai seri, e io di problemi da gestire ne avevo fin troppi.

E se invece avesse *nasato* il bluff di Veronica e avesse contattato Hiram, cosa sarebbe successo? Non volevo neanche pensarci.

«Veronica, sono sicura che non ci sarà bisogno di chiamare tuo padre.» Betty fece un altro passo avanti, facendo di nuovo la dolcissima ragazza della porta accanto. «Qualcuno ha chiamato per segnalare quello che pareva un incidente. Questo gentilissimo agente» continuò, facendogli un sorriso extra, «è venuto subito a controllare. Ci ha chiesto se stavamo bene, e noi siamo a posto.» Si voltò verso il poliziotto. «Apprezziamo moltissimo la sua premura, ma, come vede» indicò «abbiamo una ruota di scorta e siamo tranquilli.»

«È bravissima con le macchine» aggiunse Jughead, dando a Betty una pacca sulla spalla.

«Stiamo proprio andando alla baita dei Lodge a Shadow Lake» continuò Betty, con tono allusivo. «Diremo sicuramente al signor Lodge che lei è stato… *di grande aiuto.*»

Cavoli, Betty ci sapeva davvero fare. La dolce ragazza della porta accanto… con un lato segreto. Veronica annuì per mostrare la sua approvazione.

L'agente si mordicchiò il labbro inferiore. Alla fine riaprì la bocca come per dire qualcosa, ma poi la richiuse e sospirò. «Sicuri che sia tutto a posto, allora? Non serve che chiami il carro attrezzi o roba del genere?»

Betty scosse la testa rapidamente, con un'aria piena di gratitudine. «Tutto okay» gli assicurò. «Abbiamo tutto sotto controllo.»

Il poliziotto se ne andò e finalmente parve che fossimo pronti a ripartire per il lago.

Fu solo quando fummo di nuovo in macchina, con Jughead al volante e Ronnie al posto del passeggero per dargli le indicazioni, che ce ne rendemmo conto. O meglio, *Betty* se ne rese conto. Immagino che fosse per via di tutti quegli anni passati a leggere il manuale da detective di Nancy Drew. Aveva una capacità di osservazione molto più alta della nostra.

Mentre viaggiavamo, si raddrizzò di colpo con un gemito. «Ragazzi!»

Jughead sobbalzò sul sedile. «Betty, ti amo, ma per favore, non farmi venire un colpo» disse. «Mi basta rischiare di schiantarmi una volta sola al giorno.»

«Sta scherzando» sottolineò Veronica, anche se ovviamente Betty lo sapeva già. «Cioè, sul rischio di schiantarci, non sul fatto che ti ama, ovviamente. Ma cosa c'è?»

«Me ne sono appena resa conto. Il furgone grigio.»

«Che furgone grigio?» Non sapevo proprio a cosa si riferisse, e pareva che neanche gli altri ne avessero idea.

«Per poco... non è sfuggito anche a me, perché eravamo presi dal poliziotto e lui aveva lasciato le luci accese. Ma vi giuro che è vero: mentre parlavamo, è passato un furgone grigio. Sul momento mi è sembrato strano, perché non è passato *nessun altro* veicolo. E il furgone andava piano.»

Veronica ci rifletté. «È possibilissimo che fossi così concentrata a toglierci di torno il sergente Krupke da non accorgermene. Però, come dicevi, qui non c'è anima viva. Siamo davvero così poco attenti?»

Jughead scrollò le spalle. «Non volontariamente, ma mai dire mai.»

«È quello il punto» rispose Betty. «Le luci della macchina del poliziotto erano accese e noi eravamo distratti. Il furgone era grigio e non balzava all'occhio. E poi non so, penserete che sia pazza, ma giuro... quando dico che andava piano, intendo proprio che andava *a passo d'uomo*, con i fari spenti, quando ci ha superati.»

«Piano... come se stesse ispezionando il posto?» chiesi.

Betty aveva un'aria cupa. «Come se stesse spiando *noi*? Non potrei dirlo per certo.»

Veronica sollevò una mano. «B, lo sai che non metto in discussione i tuoi poteri percettivi, non ti sei mai sbagliata finora. Ma il fatto che *nessun* altro l'abbia visto sembra... strano. Non so. Credo che abbiamo tutti troppi film horror in testa.»

«Del resto quella era letteralmente la sequenza iniziale di *Scappa - Get Out*, in cui i personaggi finiscono fuori strada e vengono tormentati da un poliziotto» commentò Jughead. «Potrebbero essere coincidenze casuali, ma non ce le siamo immaginate.»

Veronica alzò le spalle. «Okay. Non sto dicendo che *non puoi aver visto* il furgone. Immagino che adesso l'unica cosa da fare sia… tenere gli occhi aperti. Metaforicamente e letteralmente.»

Betty si accigliò. «Li avevo aperti anche prima» insistette. «Credo che adesso dobbiamo stare ancora più in guardia.»

«Aggiudicato» rispose Jughead. «Livello di allerta uno. Attivare modalità occhi aperti, estrema cautela. Operazione *Quella casa nel bosco* avviata.»

Non era una battuta, ma era il massimo che Jughead riuscisse a fare.

E comunque in quella faccenda non c'era proprio nulla di divertente.

Reggie:

Cavoli, 6 già scappata dalla festa?

Josie:

Scusa, Mantle, te l'ho detto ke facevamo sl 1 salto. Io e le mie gattine abbiamo altri piani stasera.

Reggie:

Andate a fare del casino?

Josie:

Ke posso dire? Siamo diabolike.

Reggie:

Gattine indiavolate. Adoro. Be', aggiornami. Magari c becchiamo dopo.

Josie:

… forse. Ma nn devi fare gli onori d casa?

Reggie:

X te manderei via tutti qst sfigati.

Josie:

¯_(ツ)_/¯

Reggie:

Uhm… grazie?

Josie:

OK, devo andare. A dopo. Divertiti!

***

Sweet Pea:

Non t ho vista andar via da casa d Reggie.

Josie:

Scusa, eri al cell e sto cercando d non rivelare a ttt d noi, quindi non t ho aspettato. E poi messaggiavi cm 1 pazzo. Ke succede?

Sweet Pea:

Lascia xdere, nn vale la pena d spiegarlo.

Josie:

👀

Sweet Pea:

Fidati.

Josie:

Se proprio insisti… tanto ho già abbastanza casini d mio. C sentiamo dopo!

***

PP:

Se non vuoi farlo tu, sarà meglio che mi trovi un'altra soluzione.

Sweet Pea:

…

PP:

Consideralo un ultimo avvertimento.

11

JOSIE

Anche se la cittadina in cui viviamo è minuscola, non vuol dire che lo siano anche le nostre ambizioni. Prendete nota: Josie e le Pussycats sono destinate a fare grandi cose, insieme o separatamente. Saremo le star di un sacco di concerti a New York, prima o poi, ve lo garantisco.

(Lo so che è stata dura dall'inizio di quest'anno, quando ho tentato la carriera da solista e le ragazze pensavano che facessi troppo la diva. E sì, per un pochino una certa Veronica Lodge ha cercato di usurpare il mio trono... e le mie orecchie da gattina. Ma sono ancora fiduciosa che la mia cucciolata resterà unita.)

Intanto però domani abbiamo la nostra unica data, una sfida esclusiva contro le nostre acerrime nemiche del Southside, le Venom. Hanno un sound molto diverso dal nostro, un girl-grunge estremo del nuovo millennio, ma noi abbiamo un pubblico trasversale da queste parti.

Suonare con le Venom a Centerville in una qualunque sera d'estate non è come suonare a New York, non ci si avvicina neanche lontanamente, ma questo non voleva dire che non stessimo prendendo sul serio il concerto. Li prendiamo *sempre* sul serio. È per questo che diamo il massimo sul palco.

Forse sarà un dettaglio felino poco noto su di noi, ma diamo il massimo anche quando festeggiamo. Lo so, lo so, la voce è il nostro strumento e in teoria "dovremmo" starcene tranquille con una tazza di camomilla e miele la sera prima di uno show. Ma non sarebbe molto da rock star, no?

E quindi non fa per noi.

Quindi diamo il massimo sul palco, e la sera prima di un concerto ci divertiamo al massimo.

Quella sera non fece eccezione. Dopo il passaggio d'obbligo alla festa di Reggie (era importantissimo il contatto con i nostri fan dal vivo, dopotutto), ci dirigemmo subito verso il covo delle Venom… il Southside.

«Tenetevi strette le vibrisse, ragazze» dissi a Val e Melody mentre sfrecciavamo sull'autostrada nella mia decapottabile rossa, la Pussycat-mobile non ufficiale.

Sembrava che fossimo tornate ai vecchi tempi. Cercai di non lasciarmi travolgere dalla nostalgia.

«Gattina mia, sei proprio fuori» commentò Melody. Si allungò dal sedile del passeggero, al mio fianco. Per un attimo pensai che stesse per dirmi di rallentare, invece alzò le braccia e gridò come una pazza. La sentiva anche lei. La graffiante frenesia felina, anche se era solo temporanea.

«Lo sapete, ragazze» risposi. «Miao.»

BETTY

Caro diario,

non sono stupida.

Cioè, magari a volte la gente tende a pensare che sia solo una "perfettina". Magari il fatto che sembri la classica ragazza della porta accanto li svia, spingendoli a pensare che sia un'ingenua. Ma a parte il fatto che ho risolto ben due diversi omicidi proprio qui a Riverdale, ti garantisco che *non perdo un colpo.*

Non sono la sciocca biondina della porta accanto. Avevo ragione sul video nascosto nella fodera della giacca di Jason Blossom, così come avevo ragione sul vero Black Hood. Se dico che c'era un furgone loschissimo che andava a passo d'uomo mentre il poliziotto ci interrogava, lo so che sembra assurdo e improbabile, e che pare ancora più strano che sia stata l'unica a notarlo (e non me ne sono accorta subito nemmeno io, almeno non consciamente).

Ma questa è la nostra maledetta *vita.* La nostra cittadina. Assurda, improbabile, strana.

Non sono stupida. Ho visto la faccia che hanno fatto Veronica, Archie e persino Jughead, se voglio essere onesta con me stessa, quando ho parlato del furgone. Hanno detto che avrebbero tenuto gli occhi aperti, ma so che in realtà pensano solo che stia esagerando.

Forse hanno ragione, magari non sarà nulla.

Ma io non credo. E di questi tempi devo fidarmi del mio istinto.

Quindi, anche se stavamo già attentissimi, in cerca di prove dell'innocenza di Archie, anche se avevamo già deciso di stare in guardia... io ero passata allo stato di allerta successivo. La posta in gioco era troppo alta per rischiare.

EMPORIO DI SHADOW LAKE, diceva l'insegna davanti al negozio, dipinta in rosso acceso sulle pareti di tronchi dell'edificio in stile Adirondacks. A Shadow Lake era tutto costruito allo stesso modo: nello stile dei Lodge, con legno scuro, finta pelliccia e caminetti ovunque.

In altre circostanze l'avrei trovato accogliente. Il classico rifugio di montagna, idilliaco e affascinante in qualsiasi stagione. Era quello che avevamo pensato la prima volta che ci eravamo stati.

Poi quei tizi erano piombati in casa, Cassidy era stato ucciso e tutto era cambiato per sempre.

Quando arrivammo non fui l'unica a percepire quella massa di ricordi bui che ci inglobava come nebbia mentre Jug si fermava e spegneva il motore. Il rumore del freno di stazionamento rimbombò più forte di un tuono nell'abitacolo. Mi resi conto che avevo una stretta al cuore e che stavo trattenendo il fiato, così espirai; gli altri fecero lo stesso.

«Non *c'è nessun* altro negozio in paese, Ronnie?» chiese Archie.

«Credimi, Archie-bello, se ce ne fossero, sarei felicissima di andarci. L'ultima cosa che voglio è tornare sulla scena del crimine.» Veronica fece una pausa, riflettendo sulle parole che aveva appena pronunciato. «O, per essere più precisi, sulla scena di ciò che ha *provocato* il crimine. Se io e Betty non fossimo andate in paese quella mattina, se non mi fossi messa a chiacchierare con quel tizio del posto...»

«Sei solo stata gentile, V» mi intromisi. «Non potevi sapere che era un ladro e uno psicopatico.» Dicevo sul serio. Non ne aveva idea, non poteva sentirsi responsabile.

Era facilissimo dire agli altri di non darsi colpe che non avevano.

Peccato solo che non fossi capace di seguire i miei stessi consigli.

«Buffo, dovremmo essere *un po'* più bravi a riconoscere i pazzi criminali, con tutta l'esperienza che abbiamo» scherzò Jug. Poi notò la mia espressione. «Okay, non è *affatto* divertente» ammise.

«Niente di tutto questo è divertente» commentò Veronica, ritoccandosi il rossetto con l'aiuto dello specchietto retrovisore. «Ma è necessario. Così come mangiare. Una missione come la nostra richiede sostentamento, e questo è l'unico posto dove possiamo fare provviste senza guidare per altri trenta chilometri verso nord su una strada con una sola corsia, o senza tornare fino a Riverdale.»

«Andrà tutto bene» dissi, anche se mi sentii il cuore in gola quando lanciai uno sguardo alla facciata del negozio. «Comunque quei tizi non lavorano più qui. Faremo in fretta, prenderemo solo quello che ci serve e saremo fuori in un attimo.»

Dicevo sul serio.

Credevo davvero che sarebbe stato facile.

La campanella sulla porta trillò forte quando entrammo. Un altro dettaglio che sarebbe stato molto caratteristico in circostanze completamente diverse, ma che invece sentii risuonare dentro di me, facendomi trasalire. Non andava per niente bene. Che ne era del fare attenzione, del passare al livello di allerta successivo?

Diedi una rapida occhiata al negozio: scaffali di marmellata gourmet, cataste di legna da ardere, spray contro gli insetti, torce e confezioni di mais da popcorn vecchio stile che si faceva scoppiare sul fuoco finché la copertura di stagnola non si gonfiava.

C'eravamo solo noi là dentro, ma sentii comunque dei bisbigli, un chiacchiericcio sommesso, minaccioso e funesto. Il locale sembrava infestato dai fantasmi. Strinsi forte i pugni. Era il momento di attaccare o fuggire, e ogni cellula del mio corpo mi suggeriva la seconda opzione.

«Tutto okay, Betty?» mi stava chiedendo Jug. La sua voce sembrava venire da lontanissimo. Anche il negozio mi sembrava dilatato, vedevo soltanto un puntino di luce.

"Riprenditi, Betty."

«Sto bene, tutto a posto» risposi. «Ho solo bisogno del bagno, siamo stati in macchina per una vita. Vado... a sciacquarmi la faccia.»

«Il bagno è di là.»

Mi sfuggì un gridolino, cosa che mi procurò un certo imbarazzo, ma la persona che aveva parlato era comparsa dal nulla, come un fantasma.

Aveva i capelli chiarissimi, biondo cenere, raccolti in una treccia liscia e unta, e un viso largo e piatto, con due occhietti rossi incastonati sopra le guance pastose. Sembrava molto poco felice del nostro arrivo, anche se eravamo gli unici clienti in vista.

«Grazie.» Cercai di sorridere, ma lei non ricambiò. Continuò a fissarmi con quell'aria imbronciata finché non raggiunsi la porta che mi aveva indicato, sul retro.

Il bagno era minuscolo e la luce fluorescente sul soffitto tremolava e sfarfallava. Il rubinetto pieno di ruggine gocciolava di continuo nel lavello in porcellana tutto crepato. Volevo andarmene da lì il più in fretta possibile, ma le mani non collaboravano, non smettevano di tremare. Ripescai il flacone di medicinali dalla borsa e cercai di aprire il tappo a prova di bambino. Le mani mi tremavano così tanto che mi ci vollero diversi secondi, ma alla fine riuscii a toglierlo.

Mi versai qualche pillolina blu in mano e mi misi a cercare quella che avevo tagliato a metà. In quel momento mi serviva solo un aiutino. Dovevo essere lucida... *più* lucida. E non sapevo più come fare.

Ingoiai la pillola a secco e per un attimo mi parve che mi si bloccasse in gola. Non aveva un vero gusto, ma io sentivo ancora un sapore rancido e amaro in bocca. Aprii il rubinetto e presi un po' d'acqua nelle mani a coppa. La inghiottii: era fredda e metallica. Mi venne da pensare alle foglie cadute, ai cumuli bagnati che marciscono nel tardo autunno. Quell'immagine mi fece rivoltare lo stomaco.

Chiusi il rubinetto e scorsi il mio riflesso nello specchio del bagno. Il vetro era coperto di ditate e macchie viscide, ma ecco i miei occhi verdi e luminosi che mi fissavano. Sembravano sospettosi. Pensierosi. Preoccupati.

E anche arrabbiati.

Erano gli occhi di mio padre che mi fissavano.

Mi strinsi la coda di cavallo e tornai dai miei amici.

Non credevo di essere stata tanto in bagno, ma quando uscii Veronica era già al bancone con il portafoglio in mano. La bionda funerea di prima era lì alla cassa, ma in qualche modo si era duplicata: di fianco a lei c'era un ragazzo che doveva *per forza* essere suo fratello gemello. Era quasi buffo, sembravano copiati con la carta carbone, tipo Ms Pac-Man che è semplicemente Pac-Man con un fiocco in testa. Il fratello aveva i capelli corti, con un ciuffo che gli cadeva su un occhio, ma, a parte il taglio, quei due erano come Pincopanco e Pancopinco.

Era *quasi* buffo, ma in realtà era inquietante. Avevano lo stesso viso piatto e arrabbiato. Gli stessi occhietti accusatori. E scrutavano me e i miei amici con la stessa espressione severa, squadrandoci dalla testa ai piedi... ed era palese che non apprezzavano affatto quello che vedevano.

«Siete quei ragazzi legati all'omicidio di Cassidy, vero?» chiese infine il gemello. «Ti ho riconosciuto» piantò un dito grassoccio in faccia ad Archie «dai giornali. Sei stato tu a spararagli.»

«Non ho sparato a nessuno!» esclamò Archie, con un'aria contemporaneamente furiosa e terrorizzata.

«Arch, calmati» disse Jughead, tirando indietro Archie di qualche passo e cercando di far sì che ritrovasse un po' di freddezza.

Ma la freddezza era l'ultima cosa di cui avevamo bisogno in quel momento. O quantomeno per me era così. Bruciavo per la rabbia.

«Cassidy *ha fatto irruzione in casa sua*!» Indicai Veronica. «Lui e i suoi amici erano armati. Se lei non avesse attivato l'allarme, chissà cosa ci avrebbero fatto.

«Non sono felice che sia morto» deglutii «ma il vostro amico era *tutt'altro* che innocente. E se non fosse morto... be', la verità è che forse saremmo morti *noi*. Quindi è maledettamente difficile sentirsi dispiaciuti.»

Feci una pausa, respirando forte. Mi sentivo soffocare, la stanza era troppo calda. Mi stavano fissando tutti... forse per lo shock, per l'orrore o magari anche per il disgusto. Non avevo detto, pur indirettamente, che ero felice che qualcuno fosse morto, no? Non era quello che intendevo.

Ma non avevo più una briciola di freddezza. Ero davvero furiosa. E chi lo sa, magari invece volevo proprio dire quello.

Forse era giusto. Forse avrei dovuto persino tirarlo fuori prima.

Ripensai al riflesso in bagno, agli occhi di mio padre che mi fissavano dal mio stesso viso. Il lato oscuro che c'era dentro di lui ce l'avevo anch'io. Pensavo di aver imparato ad accettarlo.

Ma potevo accettare anche il modo in cui mi guardavano in quel momento?

«Per quanto tempo pensate di fermarvi voi quattro, stavolta?» chiese la sorella, con voce priva di espressione. «Magari dovremmo avvisare i nostri amici che gli assassini sono tornati.» Pronunciò la parola *assassini* con un sibilo e Archie sussultò di nuovo. Jughead gli strinse più forte il braccio. Sembrava di essere in una polveriera.

Veronica fece un respiro profondo, pronta a calmare le acque il più possibile. «Ve lo assicuro, *dimostreremo* che Archie è innocente e ce ne andremo da Shadow Lake prima che ve ne accorgiate. Credetemi, non abbiamo nessuna voglia di trattenerci. La situazione non ci piace più che a voi.» Anche se parlava in tono conciliatorio, non arretrava di un millimetro. Era passato da un pezzo il momento di farsi indietro.

«Ah sì?» Il ragazzo alzò appena un sopracciglio, con aria di sfida.

«Indubbiamente» rispose Jughead. «Anche se apprezzo molto l'effetto che trasmettete, tipo "Vieni a giocare con noi, Danny? Per sempre... per sempre... per sempre".»

«D'accordo, allora.» Il fratello scosse la testa, senza cogliere il riferimento a *Shining* (il che probabilmente era una cosa positiva), ma arrivando a una qualche conclusione. Ci tese il sacchetto di carta con i nostri acquisti, che crepitò come un incendio incontrollato, facendomi venire la pelle d'oca.

Veronica lo prese e se lo strinse al petto, come per difenderlo.

Poi si rivolse a noi: «Andiamo».

«Buona permanenza» ci gridò dietro la sorella, con una punta di sarcasmo appena percepibile, nascosta da un manto di negazione plausibile.

Ma poi, mentre la porta si chiudeva alle nostre spalle, aggiunse, in un tono così basso che ci misi un minuto a registrare le sue parole: «... e cercate di stare alla larga da noi».

Fuori dal negozio brillava la luna. Riverdale è una cittadina piccola, ma neanche il nostro cielo stellato può competere con la vera campagna. Finché non mi ritrovo in luoghi totalmente isolati, mi dimentico del cielo coperto di lucine scintillanti. Normalmente sarebbe stato meraviglioso.

Quella sera mi ricordava soltanto che noi quattro potevamo davvero contare solo su noi stessi in quella situazione.

«Be', non dovrebbe essere una sorpresa che ci considerino i nemici pubblici numero uno, due, tre e quattro a Shadow Lake, ma devo ammettere che mi ha dato comunque fastidio» commentò Veronica, rompendo il silenzio. «Mi sa che avevi ragione, Betty. Non si è mai troppo paranoici. Dobbiamo guardarci le spalle, adesso più che mai.»

«Non si tratta di paranoie se tutti quanti vogliono davvero la nostra pelle» concordò Jughead.

«E il negozio, Jug? Era uscito da uno dei tuoi amati film horror?»

Capii che Veronica stava scherzando, cercava di alleggerire l'atmosfera tornando alle battute che avevamo fatto a inizio serata.

«*Cabin Fever.*» Jughead alzò le spalle. «E non mi fate dire nulla sui gemelli di *Shining* là dentro.»

In quel momento Archie emise un gemito inatteso, tanto forte da farmi prendere un colpo. Per un secondo pensai che stesse ridendo per la battuta di Jughead, ma poi notai la sua espressione.

«Che succede, Arch?» Che fosse ancora scosso da quegli inquietanti gemelli? Io lo ero.

Strinse gli occhi, come per cercare di vedere qualcosa in lontananza. «Non lo so. Non ne sono sicuro.»

«Di cosa?» Veronica gli si avvicinò e gli prese la mano.

«Proprio adesso... non so. È tardi, sono stanco e i tizi del negozio mi hanno un po' spaventato, lo ammetto, ma...» Si interruppe.

«Niente ma. Diccelo, Archie. Siamo dalla tua parte.»

«A noi puoi dire quello che vuoi» aggiunse Jughead, e per una volta non sembrò nemmeno sarcastico.

«Giurerei di averlo visto.» Archie si voltò e mi guardò fisso. «Un furgone. Proprio come avevi detto tu, Betty. Grigio. Che andava piano.

«Betty.» Adesso aveva la voce leggermente tremante. «Credo che qualcuno *ci stia spiando*. Magari anche in questo momento.»

12

JUGHEAD

Il gattaccio del malaugurio che ci aveva fatti finire fuori strada, il furgone che forse esisteva e forse ci aveva seguiti. Gli inquietanti gemelli che ci tenevano decisamente d'occhio. L'enorme proprietà sulla cima della collina (tecnicamente era una baita in cima a una montagna, ma è solo una questione di semantica)... Ogni aspetto di quella gita gridava "Tornate indietro!", scritto a caratteri cubitali e vistosi in stile anni Ottanta tipo *Stranger Things*. Per il bene di tutti, cercavo di mantenere la mia solita distanza ironica dalla situazione, ma perfino io mi sentivo scosso.

E Archie... be', non avrebbe mai ammesso quanto aveva patito, ma nell'ultimo anno aveva passato le pene dell'inferno. Prima aveva visto Black Hood sparare a suo padre, poi si era improvvisato vigilante guerriero con il Cerchio Rosso. E tutta la roba losca che gli aveva fatto fare Hiram Lodge. Archie era uno da milkshake, football e chitarre. Non era tagliato per quella vita da antieroe da film noir. Lo stava distruggendo: aveva gli occhi stanchi e le labbra tese, e stringeva così forte il volante (aveva deciso di guidare lui per l'ultima parte del viaggio) che le nocche erano sbiancate.

Ci immaginai da una prospettiva hitchcockiana: inquadrati dall'alto, con una cinepresa che ci seguiva mentre salivamo sulla montagna e il punto di vista che si spostava di colpo da un lato all'altro per disorientare lo spettatore, per mostrargli quanto noi stessi fossimo disorientati e a pezzi. Se mi concentravo molto, riuscivo persino a immaginare la colonna sonora di *Psyco*, fatta di violini acuti e insistenti, che mi risuonava nella mente.

Man mano che salivamo, le case si facevano sempre più rade; le facciate a forma di "A" costruite con i tronchi si stagliavano contro il cielo e abbracciavano la folta foresta di sempreverdi. Sulla cima si ergeva la Loggia dei Lodge, che dominava la totalità di Shadow Lake: il paese, ma anche il lago stesso, incastonato in fondo alla valle come mercurio liquido, o come una specie di portale.

"Se solo..." pensai. Se solo fosse stato così facile scivolare via da quella dimensione, in una realtà più sicura e tranquilla.

"Gargoyle e... re?" Mi tornò in mente all'improvviso quello che aveva detto Pop al diner a proposito dello strano gioco di ruolo da cui si era lasciato prendere Dilton. E anche Ethel e Ben. Dilton aveva un sacco di problemi di suo; era facile etichettarlo come uno strambo, persino più strano e alienato del sottoscritto, ma in quel momento capivo perché potesse essere attratto da un gioco del genere. Perché desiderasse un modo per fuggire dalla vita quotidiana.

Diavolo, magari aveva ragione lui.

«Fra poco dobbiamo girare, Archie-bello.» Veronica aveva ancora un tono di un'allegria aggressiva, come se quella gita dovesse essere fruttuosa (e magari persino divertente!) a qualsiasi costo. Anche se ci fossimo rimasti secchi.

Per qualunque altro ragazzo, in qualunque altra città, in qualsiasi altra vita, sarebbe stata un'iperbole.

Ma le iperboli erano un lusso che non potevamo permetterci. La nostra stessa esistenza era diventata un'iperbole.

Archie inserì la freccia e diede un colpo di abbaglianti. Più la zona si faceva isolata, man mano che salivamo sulla montagna, e più mi sembrava che stessimo viaggiando nel vuoto.

«Be'» commentò Veronica, indicandoci. «Siamo arrivati tutti interi.»

"Per un soffio" pensai.

Alla nostra destra c'era l'ingresso del vialetto, costruito in modo così curato e discreto che saremmo sicuramente passati oltre se lei non ce l'avesse indicato. Due alberi a una distanza poco superiore alla larghezza di una macchina, dei piccoli riflettori bassi che illuminavano il terreno e delle luci sferiche alla base di ciascun albero. Quello che a una prima occhiata sembrava il regno oscuro dell'oblio in realtà era un vialetto acciottolato. Subito dopo l'albero a destra c'era un cartello in legno che recava soltanto l'elaborata incisione di una *L* maiuscola.

Archie svoltò.

Era freddo in cima alla montagna. Anche se c'ero già stato, anche se ero cresciuto in luoghi dove l'inverno era più gelido delle cene del Ringraziamento a casa Blossom, fu comunque uno shock, soprattutto in confronto all'afa umida e soffocante della fine di agosto a Riverdale. Quando scendemmo dalla macchina vennero i brividi a tutti, e mentre respiravamo giuro che si videro le tracce del nostro fiato, piccoli ghirigori in codice Morse che si perdevano nell'atmosfera.

«Prendo i bagagli» si offrì Archie; andò subito a svuotare il bagagliaio, felice di avere un incarico concreto, qualcosa di specifico da *fare*. Lo sentivamo tutti: il déjà-vu, ma reale, non percepito, perché eravamo davvero *già stati lì*, ci stavamo impegnando attivamente giorno dopo giorno per superare il trauma di quello che era successo in quel luogo.

No, non era un déjà-vu; sarebbe stato un eufemismo. Avevamo una sindrome collettiva da stress post-traumatico. Lo sentivamo incombere su di noi, carico di elettricità, denso come le nuvolette del nostro fiato portato via dal vento.

Guardai la porta della baita: legno massiccio scuro inserito in un arco in granito decorato… e mi sentii gelare. All'improvviso entrare era l'ultima cosa che volevo fare.

Betty mi prese a braccetto. «Sei pronto?» mi chiese, leggendomi del pensiero.

«Per niente» le risposi.

«Apro la porta, poi dovrò scendere subito nel seminterrato per disattivare gli allarmi e le telecamere» spiegò Veronica. «È tutto temporizzato, quindi scusatemi se corro via. Ci vorrà solo un minuto.»

«*Disattivare* gli allarmi e le telecamere?» chiese Archie, confuso e forse non del tutto d'accordo con quel piano. «Perché?» Si accorse del suo tono e si ricompose un attimo. «Cioè, non è meglio tenere attiva *una qualche* protezione, visto quello che è successo l'ultima volta?»

«Ti capisco, Archie-bello, ma non c'è da preoccuparsi. La porta principale si blocca automaticamente. E come dicevo, quei furfanti sono in galera.» Veronica sembrava incredibilmente fiduciosa.

"A parte quello che è morto" pensai, ma non dissi nulla.

«Non torneranno stanotte. Siamo al sicuro, lo sapete.» Si avvicinò ad Archie e si alzò sulle punte per posargli le mani sulle spalle. «Lo *sai*, vero?» Gli diede un bacio rapido ma dolce. «Nessuno di noi *vorrebbe* davvero essere qui; posso solo immaginare come devi sentirti in questo momento. Anche solo guardare il bosco e sentire frusciare le foglie mi riporta a quella notte e mi fa accapponare la pelle.»

«Già» rispose Archie, in tono tagliente. Abbassò gli occhi, come deluso da se stesso.

«Ma siamo qui per la nostra missione, che sarà veloce e indolore. E qui siamo assolutamente al sicuro, ve lo garantisco.» Si voltò per guardarci tutti in faccia.

«Devo disattivare gli allarmi, altrimenti papà potrà usare le telecamere per sorvegliarci quando vuole, da dove vuole. È l'ultima cosa di cui abbiamo bisogno, e anche se non dovesse interferire, non gli darei mai quella soddisfazione.»

«Va bene, V. Se pensi che siamo al sicuro senza allarmi, ti crediamo.» Betty sorrise… o almeno ci provò, senza grande successo. «Ma tuo padre non si accorgerà del sistema disattivato?»

«Probabilmente sì» ammise Veronica. «Ma magari non subito. Conto sul fatto che per quando avrà capito che siamo qui di nascosto avremo trovato quello che siamo venuti a cercare e ce ne saremo andati da un pezzo.

«È una teoria valida anche questa» commentai.

Archie annuì e senza dire una parola riprese le borse e si diresse verso la porta d'ingresso, stavolta con più determinazione. Lo seguimmo tutti. Veronica tirò fuori un elegante portachiavi di pelle dalla borsa e passò in rassegna le chiavi finché non trovò quella che cercava. Era una pesante chiave d'ottone dall'aspetto antico, sembrava un oggetto usato da chi organizzava le cene con delitto. Riuscii a trattenermi dal ridere solo in parte.

«Lo so» commentò Veronica, facendo un mezzo sorriso anche lei. «Nella vita di noi Lodge non c'è nulla che abbia un basso profilo.»

Fece per aprire la porta.

Successe tutto molto in fretta, ma sembrò anche che il tempo scorresse al rallentatore.

Sentii le dita di Betty che mi abbrancavano il braccio prima ancora che riuscissi a capire cosa stava succedendo. Mi abbrancarono come una morsa.

«Ma che diavolo…» esclamò Archie.

Fu allora che Veronica si mise a urlare.

Sweet Pea:

Ho trovato 1 persona. Ora puoi rilassarti.

PP:

No, TU puoi rilassarti. Mettimi in contatto. Bisogna finire il lavoro. Mandami i dettagli.

Sweet Pea:

Arrivo. A fra poco.

13

VERONICA

All'inizio sentii soltanto un grido così forte da gelare il sangue. Mi sembrava che arrivasse da tutto intorno, come se fosse destinato a non finire mai.

Poi capii: veniva da *me*.

Ero io che gridavo come una pazza, come se fossi completamente uscita di testa, e Archie mi aveva presa fra le braccia. Sentivo l'aroma di bosco del suo shampoo, sempre seducente e rassicurante. *Normale*. Mi fece riconnettere con il mondo reale... appena appena.

Davanti a noi, disposta sullo zerbino come il più orribile benvenuto del mondo, c'era una pila di uccelli morti.

Quando riuscii a calmarmi, a smettere di gridare e tremare, mi costrinsi a guardare da vicino. Mi si rivoltò lo stomaco. Non erano semplici uccelli ammucchiati. No, erano mastodontici, dall'aspetto malvagio e predatorio, con gli artigli aguzzi e affilati e le ali tanto grandi da spedire a terra un uomo.

Avevano il collo spezzato.

E non solo spezzato... *maciullato* selvaggiamente.

La testa era girata di trecentosessanta gradi e sotto la pila di carcasse si era formata una pozza di sangue ("*Come abbiamo fatto a non vederla?* È il buio, è così buio") che si stava accumulando sul lastricato, macchiando l'ingresso.

«Che roba è?» gridò Betty, anche se era ovvio: come me, come tutti noi, chiaramente nemmeno lei riusciva a credere ai suoi occhi.

«Sono corvi, credo» rispose Jughead.

«No» ribattei. «Sono troppo grossi per essere corvi. O no?»

«Sono decisamente enormi» concordò Jughead. «Ma sono abbastanza sicuro che siano corvi. Chi li ha lasciati si è messo d'impegno per selezionarli tutti di queste dimensioni. Meglio per loro se li hanno pagati in base al numero e non al peso.»

«Qualcuno... li ha messi qui apposta?» chiese Betty, con gli occhi sgranati e le labbra tese. «Ma... chi? Perché? *Come ha fatto?*»

«Purtroppo non so come potremmo avere le risposte a quelle domande... almeno per ora» disse Jughead. «Però devono proprio averli messi qui apposta. Come altro potrebbe essere successo? Non è che gli uccelli abbiano deciso di suicidarsi tutti insieme, come quella setta che ha bevuto il succo avvelenato. Quindi l'unica possibilità è che sia stato un atto volontario.»

«Un atto volontario di aggressione *estrema*» gli feci eco. Il battito mi tornò normale e pian piano la pelle mi si raffreddò e quell'orribile senso di terrore fuori controllo svanì. Stavo ritrovando un minimo di contegno, grazie al cielo.

Avevo reagito in modo pesante... ma del resto era pesantissimo anche quel regalino di chissà chi.

«Ragazzi, pensate che possano essere stati gli strambi gemelli del negozio?» Quel pensiero mi fece riflettere. Cercai di valutare se fosse meglio o peggio rispetto a non avere idea del responsabile.

"No" decisi. "Entrambe le opzioni erano ugualmente terrificanti."

«Di certo hanno messo in chiaro che non sono i nostri più grandi fan» rispose Jughead.

«Però...» intervenne Betty, assumendo la sua tipica espressione da Nancy Drew. «Pensateci. Se sono stati i gemelli, *quando* l'hanno fatto? Non sapevano del nostro arrivo fino a circa mezz'ora fa, quando ci siamo fermati al negozio. Sarebbero dovuti partire nello stesso istante in cui ce ne siamo andati noi per arrivare qui e sistemare tutto. E anche se fossero andati velocissimi, avrebbero avuto un margine minimo. E poi» indicò le montagne tutto intorno «è piuttosto difficile andare forte in queste strade. Non si possono tagliare le curve, è troppo pericoloso.»

«Non si tratta solo delle curve. Sono strade *strette*» aggiunsi. «Li avremmo dovuti superare salendo, oppure ci saremmo ritrovati dietro di loro o li avremmo visti nello specchietto retrovisore. Non ci sono altre strade per arrivare qui, questa è l'unica. L'obiettivo era creare una comunità privata, il *che* significa che la sicurezza qui è la cosa più importante. Per quanto ne so, non c'è letteralmente modo di arrivare di nascosto.»

«I tizi del paese ci sono riusciti» sottolineò Jughead. «Cioè, quella volta eravamo in casa e magari non stavamo troppo attenti, ma Andre avrebbe dovuto vederli arrivare, se è vero quello che dici. Ciò significa che potremmo non essere così al sicuro come pensi.»

«È possibile» ammisi. «Ma non credo comunque che i gemelli possano essere riusciti ad arrivare qui prima di noi, seguendo il ragionamento di Betty.» Restammo tutti in silenzio per un attimo a metabolizzare la cosa.

«A meno che...» Jughead sembrava pensieroso.

«Cosa c'è, Juggie?» chiese Betty.

«A meno che non ti sbagli. Sulla cronologia degli eventi, intendo. È possibile che sapessero che stavamo venendo qui *prima* di vederci arrivare al negozio, che non stiano facendo tutto da soli.» Fece sfrecciare lo sguardo dappertutto, come se pensasse che gli si sarebbe materializzata una risposta se si fosse concentrato a sufficienza, abbastanza a lungo.

Betty increspò le labbra, riflettendo. «Il furgone.» Sembrava emozionata, anche se i pezzi di quel puzzle, una volta rimessi insieme, non dipingevano un'immagine particolarmente piacevole.

Jughead annuì. «Il furgone.»

«Se ho ragione...» Betty si mise a camminare avanti e indietro, presa dalla teoria che stava rapidamente elaborando.

«Detesto dirlo per via delle ovvie, terribili implicazioni, ma pare che sia così» dissi io.

«Allora qualcuno, i gemelli o i loro compari, poteva sapere dove stavamo andando... da un bel pezzo.»

«Ragazzi, è una follia. Abbiamo deciso di venire a Shadow

Lake *appena* qualche ora fa.» Archie corrugò la fronte per la preoccupazione, rendendosi conto di tutto.

«Al Pop's» dissi piano. «Un posto innegabilmente pubblico, anche se noi lo consideriamo un po' il nostro rifugio privato.»

«Il locale era vuoto.» Archie si passò una mano tra i capelli.

«Ma non totalmente. C'era Ben» gli ricordò delicatamente Betty.

«Era troppo lontano per sentire i nostri discorsi» obiettò Archie.

«Forse. Ma chi può dirlo? Chi può saperlo *per certo*? Cioè, io e te non siamo nemmeno sicuri di aver visto il furgone grigio. Forse non possiamo essere *sicuri* al cento per cento neanche di quello.»

«Ragazzi» mi intromisi. «Il furgone. Okay, lo so che ho detto che non l'avevo visto, e ne resto convinta. Ma, come ho detto esplicitamente anche allora, non significa che non ci fosse. Specialmente se l'ha visto anche Archie.» L'idea che un intruso potesse osservarci anche in quel momento mi fece venire i brividi.

«Al negozio» rispose Archie. «Ho detto che l'avevo visto. Credevo di averlo visto, pensavo che qualcuno ci stesse seguendo.» Deglutì. «Non ne ero sicuro, speravo di sbagliarmi.»

«Ma con questa... *carneficina*» lanciai un'occhiata riluttante agli uccelli morti davanti all'ingresso, disposti come per un sacrificio a un qualche oscuro potere demoniaco, ed ebbi un tremito «dobbiamo ammettere che è un po' da ingenui aggrapparci a quella speranza.»

Ci guardammo tutti. Nel silenzio della notte, da lontano giunse il grido di un uccello, che ci ricordò con violenza le creature ormai zittite per sempre ai nostri piedi.

«E quindi adesso cosa facciamo?» chiese Jughead.

Mi puntai le mani contro i fianchi, come per mettermi in guardia. «Non cambia niente» sentenziai. «Abbiamo un piano e lo seguiremo. Cerchiamo delle prove, le troviamo e ce le portiamo via. Solo...»

«Cosa?» domandò Betty.

«Ora che sappiamo che potremmo non essere totalmente al sicuro, propongo di farlo il più in fretta possibile.»

NUMERO SCONOSCIUTO (1):

Hanno appena parcheggiato.

NUMERO SCONOSCIUTO (2):

Hanno visto?

NUMERO SCONOSCIUTO (1):

Adesso. Allego le foto. Mandale ai capi.

[1.jpg] [2.jpg] [3.jpg]

14

ARCHIE

Ronnie aveva ragione, non ci misi molto a capirlo. Non potevamo certo tornare indietro ormai. E sapere che potevamo essere in pericolo, che magari qualcuno ci stava spiando *in quel preciso momento*, significava che dovevamo fare più in fretta ed essere più furbi.

«E le telecamere?» chiese Betty, mentre Veronica cercava di nuovo di aprire la porta. «Sei sicura che…»

«A questo punto non sono più sicura di nulla» tagliò corto Veronica, cupa. «Quindi forse è meglio non disattivare *tutti* i sistemi di sicurezza. Magari, alla luce di queste nuove e inquietanti rivelazioni, conviene modificare il piano. Dovrò comunque scendere di corsa in cantina per spegnere l'allarme. Se non inserisco subito il codice, l'allarme chiamerà la polizia, e quella è *l'ultima* cosa che ci serve. Intanto, mentre sono là sotto, darò un'occhiata ai monitor delle telecamere di sicurezza. Possiamo decidere quali tenere accese. Sono sicura che ci faremo venire in mente qualcosa.»

Annuimmo tutti. «Vengo con te» dissi io. «Altre due mani, nonché due occhi e due orecchie extra, non possono essere una cattiva idea.»

E poi anche solo il fatto di essere tornati alla Loggia dei Lodge mi faceva rivedere le immagini dei ladri con i passamontagna ogni volta che battevo le palpebre. Sentivo ancora il rumore di passi di quei tizi che entravano nel salone, agitando le mazze da baseball, con gli occhi in fiamme sotto le maschere… proprio come Black Hood.

E quindi volevo vedere com'era il sistema di sicurezza. Se c'era *qualcuno* che ci spiava, l'avrei beccato con le telecamere. E poi l'avrei beccato dal vivo.

Ero già sotto processo per l'omicidio di Cassidy. Cosa mi restava da perdere?

«Due mani in più mi farebbero molto comodo, Archie-bello. Soprattutto se sono le tue» rispose Veronica. «Una volta finito, possiamo tornare a sistemare questo casino.»

Facemmo tutti un respiro profondo (cercavamo di sembrare più coraggiosi di quanto ci sentissimo, lo sapevo bene) e Veronica aprì la porta.

Mi aspettavo una sirena fortissima, oppure un *bip*, o comunque qualcosa che ci avvisasse che era partito l'allarme, ma nella baita sembrava tutto perfetto e tranquillo, come se non vi fosse mai successo nulla di violento. Ovvio che la casa non fosse più sottosopra dopo l'invasione degli intrusi, visto che di sicuro i Lodge si servivano regolarmente di una costosa impresa di pulizia. Però mi spaventava comunque più di quanto volessi ammettere (persino a me stesso) che il posto in apparenza sembrasse totalmente innocente e sereno.

«Archie, vieni?» La voce di Veronica mi riportò alla realtà.

«Arrivo.» Mi costrinsi a concentrarmi. "Non era il momento di perdersi nei pensieri.

"Eravamo in ballo."

L'altra volta non ero stato in cantina con Veronica. Anche quella semplice parola, *cantina*, mi fece pensare ai film horror di Jughead: lampadine appese a dei fili, pavimenti sporchi, stanzini minuscoli senza finestre in cui si entrava solo gattonando. Ma nelle case dei Lodge persino il seminterrato era un po' più chic di quello della gente normale. Ovviamente era perfettamente arredato e io seguii Veronica giù per dei gradini in pietra che imitavano l'arco di ingresso e il caminetto del salone.

Era buio laggiù, anche se Veronica accendeva tutti gli interruttori che superavamo. Ma quando l'ambiente si illuminò, vidi che le pareti erano rivestite di pannelli di costoso legno scuro. Mi presi un attimo per ammirare la cura con cui era stato costruito l'edificio: dopo tutto il tempo passato a lavorare alla

Andrews Construction, alla fine avevo davvero la stessa passione di mio padre e avevo imparato un po' di cose. Mi concessi solo un istante. Dovevo essere forte, per Veronica e per tutti noi, ma non mi *sentivo* affatto forte. In ogni angolo buio poteva nascondersi un intruso, ogni scricchiolio delle assi del pavimento poteva voler dire che non eravamo soli.

Non avevo paura del buio, non l'avevo mai avuta neanche da bambino. Ma al mondo c'erano così tante altre cose da temere, e tutti noi l'avevamo scoperto sulla nostra pelle.

«È un allarme silenzioso, Archie» spiegò Veronica, come se avesse notato che ero confuso dal fatto che in casa non si sentisse volare una mosca. «Ma ha un timer. Abbiamo al massimo due minuti.»

Girò un pomello che non avevo notato, poi spalancò la porta con un colpo d'anca. «È qui dentro» disse, facendomi un cenno. «La tastiera è subito sopra la cassaforte.»

Sentii il *clic* di una lampada e un angolo della stanza si illuminò di giallo. Battei le palpebre, cercando di abituarmi alla luce.

Poi le battei di nuovo, stavolta per la sorpresa. Era chiaramente l'ufficio di Hiram. Una specie di copia più piccola e in stile chalet di quello che aveva al Pembrooke: un'ampia scrivania in legno massiccio contro la parete posteriore, una poltrona in cuoio con lo schienale alto, un tappeto tipo pelliccia di animale sul pavimento. Dietro la scrivania, nel punto in cui al Pembrooke era appeso il ritratto a olio di Veronica, c'era un'immensa testa d'alce imbalsamata, con le corna più larghe di un paraurti. Aveva gli occhi vacui, ma sembrava comunque che ci stesse osservando... e che non le piacesse quello che vedeva.

«Sai il codice? E se lo cambiano periodicamente?»

In quel piano c'erano troppe variabili, troppe cose che potevano andare storte.

«Lo so» ribatté Veronica fiduciosa. Premette rapidamente i tasti con l'unghia smaltata. «Non lo cambiano mai. È sempre il mio compleanno.» Finì di digitarlo.

Una lucina rossa prese a lampeggiare.

«Non promette bene.» "Merda." Non cambiavano mai il codice... ma forse a volte sì.

Veronica aggrottò le sopracciglia. «Tranquillo. Devo aver sbagliato a digitare una cifra. Pensavo di avere i nervi saldi, ma immagino che nessuno di noi sia totalmente immune alle ripercussioni psicologiche di un gioco così rischioso.» Si protese in avanti e guardò meglio la tastiera, premendo di nuovo una serie di numeri.

Trattenemmo il fiato entrambi mentre lei finiva e si faceva indietro.

La luce diventò verde. Veronica lanciò un gridolino. «Non vorrei rimarcare che "te l'avevo detto"...»

La abbracciai e le scostai un ciuffo dagli occhi. «Ma è così, me l'avevi detto.»

Mi baciò e mi posò la testa sul petto. Inspirai il suo calore. «Crisi scongiurata» disse lei, con la voce ovattata perché premeva il viso addosso a me. «Prendiamolo come un presagio.»

Mi irrigidii. Non riuscivo a sentire la parola "presagio" senza che il mio cervello completasse automaticamente la frase "presagio di sventura".

Fu allora che saltò la luce.

Se già avevo avuto uno scatto involontario quando Veronica avevo detto "presagio", l'oscurità improvvisa mi diede il colpo di grazia. Afferrai Veronica e la strinsi forte... fin troppo, era una reazione istintiva; ero terrorizzato e la tirai vicino a me più di quanto non fosse già.

«Sei sempre il mio cavaliere senza macchia» disse lei, massaggiandomi il punto in mezzo alle scapole con la mano libera, disegnando dei piccoli cerchi. «Credo che tornare letteralmente sulla scena del crimine abbia scatenato in tutti noi una sindrome da stress post-traumatico, ma per te dev'essere ancora peggio.»

«Sto bene» risposi brusco.

«Magari è così» le sue labbra trovarono le mie, cogliendomi di sorpresa nel buio «ma non sei costretto. Archie, adoro il fatto che tu voglia proteggerci tutti a ogni costo. E puoi essere forte, per noi e per te stesso, se è così che ti senti, se è quello che vuoi. Ma non devi per forza essere soltanto forte e reprimere le altre emozioni. Quello che ci è successo è stato un casino terrificante. E adesso in parte lo stiamo rivivendo. È normale che ti sembri, appunto, un casino terrificante.»

E proprio quando pensavo di non poterla amare più di così,

mi resi conto che aveva davvero ragione, era intelligentissima e incredibile, e io ero davvero fortunato ad averla dalla mia parte.

«Mi sentirei un pochino meglio se quaggiù non fosse buio pesto» ammisi. «Non c'è nemmeno il temporale. Cosa succede?»

Sentii che alzava le spalle, appoggiata a me. «Siamo molto in alto, qui sulla montagna» spiegò. «Non importa quanto si paghi, e credimi, papà non ha lesinato sulle spese: l'elettricità, Internet e i vari impianti a volte possono essere un po' instabili. La buona notizia...»

Allora c'era una "buona notizia" in quella situazione. Non suonava rassicurante quanto mi sarebbe piaciuto.

«... è che papà, sempre previdente, si è preparato a questa eventualità. Siamo collegati a un generatore di riserva che si attiverà automaticamente. Dobbiamo solo aspettare qualche minuto.»

Mi prese per mano e mi guidò verso un divanetto in pelle nell'angolo. «Tanto vale metterci comodi» disse. «Dopotutto, anche quando tornerà la corrente, potremmo avere comunque una lunga notte davanti.»

Restammo seduti così, fianco a fianco, al buio, per alcuni minuti. Ascoltai il respiro di Ronnie, il ritmo regolare di inspirazioni ed espirazioni. «Credi che Betty e Jug stiano bene?» chiesi infine.

«Probabilmente saranno un po' disorientati» rispose lei. «Ma purtroppo finché non si attiva il generatore non possono scendere quaggiù da noi. La porta della cantina si blocca automaticamente in caso di blackout di più di un paio di minuti.»

«Perché?»

«Crea una sorta di stanza antipanico» spiegò lei. Fece una pausa. «Lo so, è strano. Sarà colpa della cara vecchia paranoia dell'un per cento più ricco d'America. Esiste sul serio.»

Risi. «Ah, io non ne so niente.»

«Però ti ho fatto ridere!» Mi diede un colpetto scherzoso. «Sei sempre così serio.»

«Sono di un umore strano da quando siamo andati alla festa» ammisi. «Mi dispiace. Dovrei fare uno sforzo in più per scacciarlo. Non è corretto nei tuoi confronti.»

«Che cosa dolce da dire. Ma prima di tutto, so prendermi cura di me stessa» rispose lei. «E poi... non mi riferivo soltanto a stasera, dopo la festa. Parlavo di tutta l'estate. Fin dalle elezioni del consiglio studentesco. Fin da...» Esitò.

«Dal mio arresto» conclusi io.

«Non mi fraintendere, è comprensibilissimo. Te l'ho detto, puoi dare spazio alle emozioni che provi, anzi, *dovresti* farlo, e lo penso sul serio. Ma detesto vederti così e detesto il fatto che sia colpa mia.»

«*Non* è colpa tua» insistetti. Ogni volta che diceva una cosa del genere, mi sentivo come se mi stessero pugnalando alla pancia.

«È *mio* padre, e lui non avrebbe niente contro di te se fra noi due non ci fosse nulla. Anche se non ho partecipato attivamente alla tua rovina, non si può negare che alla fine dipenda tutto dal fatto che stiamo insieme.»

«Non possiamo saperlo per certo» sottolineai. «Tuo padre ha *un sacco* di conti in sospeso con *un sacco* di gente. Niente che garantisca che non sarebbe arrivato comunque a me prima o poi, anche se io e te non stessimo insieme.»

Ridemmo entrambi per quella triste verità. Che altro potevamo fare?

«Ha un che di shakespeariano. Un senso di ineluttabilità» ammise Ronnie. Mi fece correre le dita sulla parte interna del braccio. «Ma non rimpiango il fatto che s*tiamo* insieme.» Fece una pausa, poi proseguì con un tono appena più incerto che non ero abituato a sentire da qualcuno con il carattere di Veronica. «E tu?»

«Oddio, Ronnie, certo che no!» La strinsi a me. «Ricordati sempre che qualsiasi cosa succeda, o comunque vada a finire questa storia, io ti amo. Con tutto me stesso, e niente potrà cambiarlo. Non c'è niente che possa farmi pentire di averti trovata. Non voglio neanche pensare a cosa sarebbe successo se *non* fosse successo. Era scritto nel destino.» Argh, che frase sdolcinata. Ma dovevo dirle le cose come stavano.

«Bene» rispose lei. «Perché ricambio in tutto e per tutto.»

Fui travolto dai sentimenti che provavo per lei. Oddio, la amavo tantissimo. La abbracciai e la baciai, prima dolcemente, sfiorando le sue labbra mentre i suoi capelli mi accarezzavano le guance. Poi con più foga, come se non ci fosse modo di avvicinarmi a lei quanto volevo.

Per qualche minuto non parlammo più.

«Spero che Betty e Jug non siano troppo spaventati.»

«Be', devo ammettere che questo blackout sta durando un pelo più a lungo di quanto mi aspettassi, ma resto convinta che sia un breve, temporaneo intoppo. Sono sicura che quei due sappiano come distrarsi.» Dalla voce capii che Ronnie stava facendo un sorrisino diabolico. «Noi ci siamo riusciti.»

Mi misi a ridere. «Forse non è poi la fine del mondo se non torna la corrente per un altro po'.» Avevamo indubbiamente trovato il modo di ingannare il tempo.

Rise anche Ronnie. «Ben detto.»

Dopo un minuto però la sua voce tornò seria. Pensierosa.

«Archie-bello» disse. «Sono felice che siamo qui e che riusciamo a ridere di questo orribile casino. Come dicevo, ti meriti di rilassarti, e anche molto di più. Però... so perché ti hanno dato così fastidio i commenti stupidi e di cattivo gusto di Reggie. Ovviamente non hai niente di cui preoccuparti, ma capisco perfettamente perché ti abbiano colpito così tanto.»

Sospirai. «Non voglio fare il fidanzato geloso, proprio no. E non è che non mi fidi di te» insistetti. «Ma io e Reggie... siamo sempre stati rivali. È talmente parte del nostro rapporto che non so neanche da quando sia iniziato. È sempre stato così. E lui ha messo gli occhi su di te da quando sei arrivata alla Riverdale High. Così come tutti gli altri ragazzi, e non posso dar loro torto.»

«E se mi sentissi un oggetto da desiderare e conquistare ne sarei lusingata» rispose lei. «Invece sono una donna forte e indipendente, che sa cosa vuole e come ottenerlo.»

«Ma lui è viscido.»

«Come un serpente» concordò lei. «Alcuni degli scherzi che ha combinato da quando sono arrivata qui sono di una complessità sbalorditiva, e immagino che questo contribuisca a farti preoccupare. Quella volta che ci ha convinti tutti che stava *morendo*, solo per convincere Josie ad andare con lui al ballo, è stato diabolico, e fuori di testa. Ma il punto cruciale è *Josie*. È lei che Reggie continua a cercare di conquistare. Non la sottoscritta, a prescindere da quello che ti ha detto stasera. Era solo... il tipico comportamento da Reggie.»

«Ci sono comunque i danni collaterali» sottolineai.

Veronica rimase zitta, a riflettere. Non poteva propriamente controbattere.

Tirare fuori Josie non era il modo migliore per convincermi che Reggie fosse innocuo. Se non fosse stato così determinato a uscire con Josie, lui e Ronnie non si sarebbero...

Argh. Detestavo anche solo pensarci. Ma da quando mi aveva aggredito così alla festa, non riuscivo a scacciare quel ricordo dalla mente.

Il fatto era che, persino *dopo* quella folle messinscena in cui Reggie aveva fatto finta di essere in punto di morte, Josie non ci aveva messo *davvero* una pietra sopra. Magari non voleva essere la sua ragazza, ma di certo provava sentimenti complicati per lui. Sentimenti che comprendevano godersi ciò che lui provava per *lei* e dargli corda *quel tanto che bastava*, di quando in quando, perché lui tornasse sempre a corteggiarla. Josie non lo faceva con cattiveria, non proprio. Era solo il comportamento di una persona in conflitto con se stessa.

Lo spettacolo scolastico invernale era *Il crogiuolo* di Arthur Miller. (Da quando alla Riverdale High serviva una scusa per una caccia alle streghe?) Il gruppo di teatro era pronto, i set erano a posto e tutti sapevamo le battute a memoria e ci stavamo preparando psicologicamente per la prima. Fu allora che dilagò la peste.

Sto scherzando, non era la Peste Nera o roba del genere, anche se a Riverdale sarebbe stato comprensibile ipotizzarlo. Ma era un bel casino e bloccò comunque la produzione.

Mononucleosi. La "malattia del bacio". Pareva che *tutti* l'avessero presa.

E alla fine tutti ne avremmo pagato le conseguenze.

Cominciò con un annuncio a tutta la scuola. Avevamo addosso gli abiti di scena, mancavano due giorni alla prima.

Poco a poco avevamo cominciato a notare che aumentavano gli assenti. Un colpo di tosse o due... e il giorno dopo quel banco era vuoto. Perciò non fu propriamente una sorpresa quando la voce di Weatherbee crepitò dagli altoparlanti.

«Buongiorno. Sono il vostro preside e ho un messaggio per tutta la comunità della Riverdale High. È stata segnalata una possibile epidemia di mononucleosi, comunemente nota come "malattia del bacio".»

Dietro le quinte, i membri della troupe ridacchiarono.

«Tutti gli studenti verranno visitati dall'infermiera Shapely.»

Altre risatine. «Coloro che hanno contratto il virus verranno messi in quarantena in palestra fino all'orario di uscita.»

Le risate cessarono di colpo, come un'auto che frena all'improvviso. "In quarantena?"

Ma Weatherbee non aveva finito. Mancava il colpo di grazia. «Tutte le attività extrascolastiche sono sospese fino a nuovo ordine. Grazie.»

Cheryl fu la prima a esplodere. «È uno scandalo!» gridò. Partì infuriata verso l'ambulatorio della Shapely per essere visitata come tutti noi.

E per tutti quanti i risultati arrivarono in fretta, inesorabili. Positivi. Tutti, dal primo all'ultimo.

Perciò andammo tutti in palestra. Era stata trasformata in una bizzarra area di contenimento per gli infetti, con brandine ovunque e bollitori elettrici per... non lo so, per fare il tè o per disinfettare qualcosa con l'acqua bollente. Sembrava di essere in un film di guerra, ma ancora più surreale: metà dei pazienti indossava ancora i costumi d'epoca del *Crogiuolo*, compresa Cheryl. La quale, come ben sappiamo, non si lascia mai sfuggire l'occasione di aggiungere un tocco melodrammatico extra a qualsiasi situazione.

«Fatemi uscire!» gridava, tempestando di pugni le pesanti doppie porte.

Jughead tossì nell'angolo. Fu un colpetto solo, ma Cheryl ovviamente se ne accorse. «J'accuse!» strillò. Jughead sembrava confuso e le lanciò un'occhiata interrogativa.

«Cheryl, tranquilla» disse. «È passata solo un'ora.»

«Scusami, vaiolo ambulante» disse lei, torreggiando su di lui con aria minacciosa. «Per colpa *tua*, il nostro spettacolo verrà cancellato. Ci hai contaminati tutti con i tuoi germi "Bughead".» Puntò l'indice aguzzo, con lo smalto rosso sangue, verso Betty, che era seduta sulla brandina di fianco a Jughead e lo teneva abbracciato.

«Che schifo! Mi fa star male!» gridò Cheryl, e io capii che Jug stava trattenendosi dal sottolineare che in realtà era *già* malata. «Se penso che ho dovuto baciare le tue labbra misere e screpolate durante le prove... Bleah.» Tirò fuori un lucidalabbra dal grembiule del costume e se lo mise.

«Cheryl...» Josie corse da lei. «Quello è il *mio* gloss.»

Cheryl lasciò cadere il tubetto a terra come se fosse stato radioattivo.

Jughead rise. «Visto? Per tutto questo tempo hai usato il lucidalabbra di Josie. Magari sei tu che hai contagiato *me*!»

Non credo che lo pensasse sul serio o che comunque gli importasse molto: si era ammalato, e per Jug quel che è fatto è fatto, non ha senso piangere sui germi versati... però in effetti *era* divertente vedere Cheryl uscire di testa.

Aveva gli occhi infuocati di rabbia. La postura trasmetteva potere, con le gambe divaricate e le mani puntate sui fianchi. «L'avete voluto» sbottò. «Scopriremo chi è stato il primo a beccarsi la mono e lo elimineremo dal cast. Perché, come si suol dire, lo spettacolo deve continuare.»

«Sembra che tu stia istigando una caccia alle streghe» commentò Jug, con un ovvio riferimento allo spettacolo stesso.

Se anche Cheryl colse l'ironia, non ne fu divertita. «Esatto.»

Nessuno si salvò dalla sua furia. Cheryl trascinò in un angolo la sua adorata Josie e la affrontò. «Josephine McCoy, chi hai baciato?» volle sapere.

(Era prima del periodo #Choni e all'epoca nessuno di noi si era reso conto che Cheryl potesse avere un interesse particolare per la vita sentimentale di Josie.)

«Nessuno» rispose Josie, con un'aria tanto infastidita quanto preoccupata. Se c'era qualcuno in grado di gestire Cheryl quando esplodeva in quel modo, quella era Josie, e quella scena era... pesante.

Cheryl non se la beveva. «Nessun muscoloso addetto al palco? Niente storie segrete in tour?»

«Non sono stata con nessuno» insistette Josie... ma la voce le tremò un pochino.

Io, Veronica e Reggie osservavamo dal lato, più furtivamente che potevamo. Non riuscii a non reagire alla risposta di Josie. «Non è vero» bisbigliai a Veronica.

Ma evidentemente non avevo parlato così piano come pensavo.

Cheryl si girò di scatto verso di me, incanalando la rabbia nella mia direzione. «Hai qualcosa da dire, Archie?» chiese imperiosa.

Reggie mi puntò un dito nel fianco. «Taci, Andrews» mi intimò.

«No, niente» dissi, facendo correre lo sguardo tra Cheryl e Reggie: entrambi sembravano pronti a spaccarmi la testa se non avessi eseguito i loro ordini e basta.

«Vuota il sacco!» gridò Cheryl. Per un secondo mi sembrò più minacciosa di Reggie.

Deglutii. «È solo... che ho visto Josie e Reggie. Nell'aula di musica.» Ogni tanto ci andavo ancora per esercitarmi con la chitarra e lavorare alle mie canzoni, anche se la musica era scivolata in secondo piano rispetto alle altre cose. *Di solito* l'aula era vuota, ma non quel giorno. «Erano da soli» continuai, ignorando gli sguardi insistenti di Reggie. «Solo loro due.»

Josie abbassò gli occhi per sfuggire allo sguardo accusatorio di Cheryl, per la quale però quel gesto probabilmente fu più incriminante di una confessione diretta.

Adesso Cheryl sembrava *veramente* malata. La sua pelle chiara divenne ancora più pallida e la fronte le si imperlò di sudore. «Reggie Mantle?» domandò a Josie. La voce quasi le si spezzò. Fece una smorfia, poi si ricompose.

«Vedi cosa succede ad andare con uno viscido come Mantle?» sbottò. «È come le patatine al formaggio di Pop Tate: sono buone, ma quando le mangi stai male.»

E Josie sembrava *davvero* star male, a parte la mononucleosi. «Cercavamo di tenerlo segreto.»

«Oh, non c'è da stupirsi.» Cheryl sogghignò.

Josie si alzò, visibilmente scossa. «Ho bisogno d'aria. E di una pastiglia per la gola.»

Reggie mi fulminò con lo sguardo. «Non finisce qui, Andrews» minacciò. Ma poi andò verso Josie e la prese per un braccio. «Tesoro, aspetta. Possiamo parlare?»

«Devo chiamare Val e dirle che sono malata» rispose lei. Armeggiò con il cellulare, dando ditate fortissime allo schermo per la frustrazione. «Dobbiamo annullare il concerto di questo weekend...»

«Ascolta» la interruppe Reggie. «Mi dispiace che per te sia così imbarazzante stare con me.»

Josie strinse forte il telefono e lasciò cadere il braccio lungo il fianco. «Pensi che sia per *quello* che sono arrabbiata?» Le si scurirono gli occhi. «Perché la gente ha scoperto di noi due? No, no, no...» Scosse la testa, come se non riuscisse a decidere se essere divertita o disgustata. «È perché ogni volta che abbasso la guardia con te, Mantle, riesci sempre a deludermi. C'è sempre qualcosa. Non so perché non ho ancora imparato la lezione.»

«Okay, c'è stato quello scherzo» si affrettò a rispondere Reggie.

«Non è stato bello, lo so, ma l'ho fatto solo perché mi fai impazzire, *dovevo* riuscire ad andare al ballo con te...» Parlava a vanvera e sudava, anche. Non ero abituato a vedere Mantle così agitato.

Forse sono una brutta persona per questo, ma onestamente non mi dispiacque troppo.

«Sono arrabbiata perché, se ho preso la mono da te, significa che hai baciato altre persone. Dev'essere stato uno di quegli zombie.» Fece scorrere la mano a indicare tutta la palestra, le file di brandine con sopra gli studenti tremanti. «Chi è stato? Becky, quella con i bei capelli?»

Reggie trasalì. «Te lo giuro, sono stato solo con te.»

«A-ha» rispose lei, per nulla convinta. «È allora com'è che ci siamo beccati la mono? *Io* non ti ho tradito. Adesso per colpa tua devo annullare dei concerti già pagati.»

«Ma...»

Josie lo interruppe. «Non importa» disse. «Ci siamo divertiti. Ma nella mia testa c'è posto per una cosa soltanto, e cioè diventare una star. Parliamoci chiaro: sappiamo entrambi che adesso non posso stare con nessuno. Lo capisci anche tu.» Gli lanciò un'occhiata gelida.

Josie si allontanò a grandi passi, con il cellulare in mano, senza preoccuparsi di lanciare un ultimo sguardo a Reggie. Lui si fece scrocchiare le mani; sembrava pronto a correrle dietro, ma Cheryl non aveva finito con lui.

«Fermo lì, dongiovanni.» Lo afferrò per le spalle e lo spinse su una sedia pieghevole che stridette contro il pavimento di legno della palestra, mandando un rumore forte e imbarazzante. «Parliamone.»

«Cosa vuoi, Cheryl?» Reggie sospirò. «Dillo e basta.»

«Si dice che Jen Clancy ti abbia mostrato il suo bel rovescio sul campo da tennis» insinuò lei, con le sopracciglia tese per la rabbia e gli zigomi che sembravano abbastanza affilati da tagliare un vetro.

«È una bugia che ha messo in giro lei per vendicarsi del suo ex» protestò Reggie.

«E che mi dici di te e Donna Foley nell'aula audiovisivi?» ribatté Cheryl.

«Ah, le piacerebbe. E non sono neanche mai stato nell'aula audiovisivi» rispose lui. «Sono allergico ai nerd.»

«Kelly Thompson?»

Reggie fece una faccia incredula. «Sei stata *tu* a spargere quella voce quando lei ti ha presa in giro per i gomiti secchi!»

«I miei gomiti *non* sono sotto processo!» gridò Cheryl. «Dimmi subito chi hai baciato!»

Io, Jughead, Betty e Ronnie ci eravamo accalcati vicino a loro a goderci la scena. Non eravamo riusciti a trattenerci.

«Dite che dobbiamo intervenire?» chiese Betty.

«Sei matta?» ribatté Veronica. «È come cioccolato senza calorie. Il paradiso.»

Nel frattempo io avevo le mie preoccupazioni. «Pensi che Reggie mi prenderà a botte per aver rivelato di lui e Josie?» chiesi a Jughead.

«Reggie adora fare a botte» rispose lui, massaggiandosi la nuca. «Quindi direi che è inevitabile.»

«Quante altre volte devo ripetertelo?» stava dicendo Reggie, con le mani sollevate. «Ho baciato solo Josie, fin da quella volta nella lavanderia alla festa in costume di Kevin.»

Veronica trasalì e sgranò gli occhi. Si lasciò sfuggire un gemito e si coprì la bocca con una mano. «La lavanderia?» borbottò. «Oh, no...»

«Ronnie, cosa c'è?» chiesi, con lo stomaco che mi si rivoltava per il sospetto.

«Mi sta venendo male.» Effettivamente era molto pallida.

«Sei già malata. Hai la mono» le ricordò Cheryl. Spinse via Reggie dalla sedia pieghevole. «Reggie, scansati. Sei scusato, per ora, ma non allontanarti. La sedia dell'interrogatorio adesso è di Veronica.»

Veronica ci si lasciò cadere sopra, con aria scossa.

«Non è il momento di svenire come le tue eroine gotiche» sentenziò Cheryl. «Tira fuori il coraggio e vuota il sacco, untrice.»

Veronica sospirò; sembrava davvero sul punto di vomitare. Non sapevo se fosse a causa della mono o del ricordo che le era tornato in mente, ma in ogni caso mi sentivo male anch'io. Non mi piaceva la piega che stava prendendo la situazione, era impossibile che ci fosse un lieto fine, visto il luogo dove ci trovavamo tutti quanti.

«Be', quella festa ve la ricorderete tutti» cominciò Veronica, parlando piano. «È stata subito dopo l'assegnazione delle parti.

Kevin ci aveva invitati tutti perché rompessimo il ghiaccio e ci conoscessimo meglio.»

Betty annuì, ricordando l'evento. «Visto che era il regista, aveva saccheggiato l'intero reparto costumi del gruppo di teatro.»

«E io e Reggie eravamo entrambi vestiti da...»

«Sì» disse Veronica, sapendo dove stavo andando a parare prima ancora che lo dicessi. «La sorte ha voluto che entrambi vi foste vestiti da Romeo.» Si costrinse a fare un mezzo sorriso. «Nel caso di Reggie, la scelta sembrava ironica, soprattutto visto che cercava di corteggiare Josie e intanto mandava gli attori sostituti a riempirgli il bicchiere.»

«Giusto. "Bel Romeo che sei" gli aveva detto Josie, che non aveva apprezzato per niente.»

«"E tu potresti essere la mia Giulietta, se solo mi dessi una chance"» citò Cheryl. Anche lei li aveva osservati quella sera.

«Eravamo abbastanza vicini a Josie e Reggie da sentire involontariamente la loro conversazione» continuò Veronica. «Poi Kevin ci ha interrotti. "Niente alcol in quei drink, vero ragazzi? C'è mio padre di sopra." Gli ho risposto che ovviamente non ce n'era, e credo che per il momento non ce ne fosse sul serio. Kevin si è allontanato per andare a dire a Dilton di abbassare la musica.

«Be', non voglio fare quella scandalosa, ma la serata era piuttosto blanda e io avevo voglia di divertirmi, perciò ho sussurrato ad Archie di raggiungermi in lavanderia cinque minuti dopo.»

«E tu hai accettato, immagino» disse Cheryl. Io annuii. «Voi uomini siete solo animali che trasudano testosterone.» Tirò su con il naso.

«È stata un'idea di Ronnie!» ribattei. Non che dovessi delle spiegazioni (o delle scuse) a Cheryl Blossom per aver voluto passare qualche minuto con la mia ragazza.

«E quindi tu sei il fortunato uomo di Neanderthal al suo fianco» insinuò Cheryl. «Intanto dalla mia posizione ho visto benissimo Moose che portava i drink a Reggie e Josie... non chiedetemi come avesse fatto Reggie Mantle a convincere Moose a eseguire i suoi ordini. Comunque la cosa gli si è ritorta contro, perché quando si mettono insieme qualcuno che ha tutta la grazia di un alce, come spiega il nome *Moose*, e un bicchiere di plastica troppo pieno, il disastro sartoriale è inevitabile. Moose è inciampato e ha inondato Josie.

«Ovviamente quel caro preoccupone di Kevin Keller si è accorto subito del disastro e ha colto l'occasione per aumentare la tensione. "Dobbiamo pulire subito quella camicia, altrimenti la mia carriera da regista finirà ancora prima di cominciare." Piagnucolava addirittura.»

«I costumi» intervenne Betty. «Non c'è da stupirsi che fosse preoccupato.»

«È l'eufemismo del secolo, cara cugina» commentò Cheryl. «Kevin ha spedito Josie di corsa in bagno.»

«Io intanto aspettavo pazientemente che Archie mi raggiungesse in lavanderia» aggiunse Veronica.

Il cuore prese a battermi all'impazzata mentre mettevo insieme i pezzi.

Veronica si mordicchiò il labbro. «Avrei dovuto capirlo. Archie, avrei dovuto riconoscere la sua voce, o almeno capire che non era la *tua*. Ma c'era un gran rumore e non avevo motivo di sospettare; non vedevo l'ora che tu arrivassi. Perciò, quando hanno bussato alla porta dicendo "Mia dolce Giulietta, sei là dentro?"...»

«Hai pensato che fossi io» conclusi. Il mio cervello aveva già ricostruito tutto. Mi sentivo lo stomaco come se avessi inghiottito una manciata di aghi. «Nel frattempo io ero al piano di sopra a bussare alla porta del bagno per vedere se qualcuno poteva dirmi dove fosse la lavanderia. Ma Kevin era troppo impegnato a cercare di smacchiare il costume di Josie.»

«Aspettate un attimo.» Se Reggie ci metteva più tempo di me a ricostruire, evidentemente era molto più contento della cosa. «Aspettate.» Si mise a ridere. «Fatemi capire: io pensavo di baciare Josie e invece era *Veronica*?» Si piegò a metà per le risate isteriche. Josie, nell'angolo più lontano dello spazio per la quarantena, sembrava molto meno divertita.

«Mi dispiace tanto, Archie-bello» disse Veronica, con un'aria assolutamente devastata. «Non riesco a credere di non essermene resa conto. Non ho scusanti. È solo... che non mi sarei mai immaginata che potesse succedere una cosa del genere.»

Se Ronnie era devastata, non esistevano parole per quello che provavo io. L'idea che Reggie l'avesse baciata mi fece venir voglia di tornare a fare il vigliante del Cerchio Rosso, se non di peggio. L'unica cosa che mi bloccò fu il fatto che Veronica era palesemente mortificata: era stato un incidente, lei ci soffriva e io non potevo farla sentire ancora peggio.

«Fratello!» gracchiò Reggie. «Chiamami "Il Rubafidanzate"!» Agitò il pugno per aria, scatenandomi un'altra ondata di rabbia. Betty mi posò una mano sulla schiena per calmarmi.

«Bel soprannome» intervenne Jughead. «Suona proprio benissimo, c'è sicuramente da andarne super orgogliosi.»

Betty si fece avanti. «Basta, Cheryl! Piantala. Hai causato soltanto dolore e sofferenza, e non ci siamo minimamente avvicinati a capire chi è stato il primo a prendersi il virus.» Fece un respiro profondo. «Tutti abbiamo preso un drink dalla ciotola del punch a casa di Kevin quella sera. Se uno di noi era malato, allora ce la siamo presa *tutti*.»

«Betty ha ragione» disse Jughead. «Non credo che ci sia modo di sapere da chi è partita.»

Mi afflosciai sotto il peso di quel ragionamento. Tutta la rabbia e l'insicurezza che Cheryl aveva scatenato, l'idea di Reggie e Veronica abbracciati... Anche se era stato solo un incidente, anche se lei non aveva idea, l'intera faccenda mi riempiva di nausea e furia.

E non avevamo ancora capito chi avesse causato l'epidemia. Quindi a cos'era servito, se non ad aprire gli argini di una delle mie paure peggiori?

Ce ne stavamo lì a riflettere su tutto quello che era emerso e sul fatto che non avevamo ancora trovato l'untore, quando dagli altoparlanti crepitò un'altra comunicazione di Weatherbee.

«Buongiorno, sono il preside Weatherbee.» La sua voce echeggiò forte per tutta la palestra. «Sono felice di annunciare che l'epidemia odierna è stata bloccata. Riprenderemo le attività scolastiche regolarmente programmate, compresa la performance de *Il crogiuolo* di stasera. Grazie.»

L'altoparlante si spense e nella stanza calò il silenzio assoluto.

«Ci sarà comunque lo spettacolo?» Non mi ero nemmeno accorto che Josie si fosse riavvicinata al nostro gruppetto.

«Com'è possibile?» chiese Cheryl.

Betty fece un passo avanti. «I sostituti» sibilò.

Allungò la mano verso Cheryl, che era impegnata a farsi dei

selfie con Josie. I suoi sbalzi emotivi erano sconvolgenti. «Sorridi! Hashtag: #sopravvissute.»

«Cheryl, fammi vedere il tuo cellulare. Credo di sapere chi ci ha contagiati tutti.»

E alla fine fu *proprio* la nostra Nancy Drew a risolvere il caso. Scorrendo le foto sul telefono di Cheryl, si rese conto che i sostituti ci avevano sabotati. Era l'unica spiegazione sensata. Noi avevamo bevuto tutti da bicchieri rossi, loro da bicchieri blu. Nelle parole di Betty, "era stato un attacco premeditato".

I sostituti avevano milioni di motivi per essere stufi. Erano sempre i più sfortunati. Midge finiva sempre in fondo alla piramide delle Vixens. Moose era il bersaglio costante degli scherzi e delle battute di Reggie. Gli articoli di Ethel per il "Blue and Gold" venivamo sempre rifiutati quando Betty e Jughead pensavano di avere uno scoop migliore.

Il movente ce l'avevano di sicuro. Mettendo insieme tutte le loro possibili motivazioni, mi stupii anzi che non avessero organizzato prima una cosa del genere.

Ma a quel punto ormai la mono era l'ultimo dei miei pensieri. Ghiandole gonfie, spossatezza... la quarantena. Bene. Potevo affrontare tutto quanto. Ma Reggie e Veronica che si baciavano, pur senza rendersene conto? *Quella* era un'immagine che mi avrebbe perseguitato.

E nessuno poteva far niente per cancellare quel momento. Era successo. Era una delle mie peggiori paure, e adesso era realtà.

Perciò, considerando quello che era successo, si poteva capire che fossi un po' suscettibile quando Reggie flirtava con Ronnie o diceva con nonchalance che l'avrebbe corteggiata. Il fatto era che Reggie sapeva che Ronnie era la mia kryptonite e mi stuzzicava apposta. L'ultima cosa di cui avevo bisogno era cedere alle sue provocazioni, ma ero umano, e ovviamente commettevo errori. Avevo delle reazioni. E con tutto il resto che andava in frantumi, non potevo sopportare l'idea che il mio rapporto con Veronica, che era la cosa migliore della mia vita, venisse minacciato. Mentre io ero dietro le sbarre. E non potevo farci niente, né per quello, né per tutto il resto.

«Archie-bello, quel bacio involontario con Reggie Mantle è

stato uno sfortunatissimo incidente» disse Veronica. «Ed è naturale che ti dia fastidio il fatto che lui ti sbatta in faccia che potrebbe succedere di nuovo.» Mi prese la mano e la baciò. «Ma non hai nulla di cui preoccuparti. Se quel terribile *passo falso* ha *un lato* positivo, è che sarò sempre in grado di identificare le tue labbra in un confronto. Te lo prometto.»

«Lo so, Ronnie.» Dicevo sul serio. «E io ti prometto che smetterò di pensarci. Questi sono…»

«Tempi bui» concluse lei. «Lo capisco. Il tuo breve intermezzo di semi-isteria cavalleresca è perfettamente comprensibile. Ma io sarò sempre Team Varchie.»

Nel buio le sue labbra trovarono le mie, regalando promesse più potenti delle parole.

Ma, prima che ci lasciassimo di nuovo andare come prima, le luci si riaccesero.

Veronica mi sorrise, scostandomi un ciuffo dietro l'orecchio. «Non c'è pace, mio unico, vero Romeo» disse. «Rimettiamoci al lavoro.»

15

BETTY

Caro diario,

dalla morte di Jason Blossom in poi, io e i miei amici abbiamo affrontato cose molto più spaventose di uno stupido blackout, perciò, quando saltò la luce, per me e Jug non fu un problema restare calmi. Ci mettemmo circa un minuto a capire cosa fosse successo.

«Sono le montagne» disse Jughead. «È davvero un posto da *Un tranquillo weekend di paura*. Non importa quanto si investa nelle infrastrutture, saranno sempre instabili quando il vento soffia nella direzione sbagliata o la temperatura scende di una frazione di grado.»

«Ma stiamo parlando di *Hiram Lodge*» ribattei io. «Anche se non può garantire un Wi-Fi costante, sono sicura che nel seminterrato ha un qualche super-generatore pronto ad attivarsi in casi come questo.»

«Nel frattempo...» All'improvviso il volto di Jug si illuminò; il bagliore gli risalì dal mento quando lui agitò il cellulare verso di me.

«Non sprecare la batteria» lo rimproverai. «Potrebbe volerci più di quanto pensiamo.»

Lui mi prese per mano. «Lo spengo appena arriviamo giù a vedere come se la cavano Veronica e Archie. Speriamo che siano riusciti a disattivare l'allarme prima del blackout.»

«Be', se l'allarme non fosse stato disattivato, ormai lo sapremmo, con o senza blackout.»

Lasciai che Jug mi guidasse lungo il corridoio; i nostri passi non facevano rumore sugli spessi tappeti in calde tonalità di marrone. «Mi viene in mente la volta che abbiamo guardato *Gli occhi della notte* al Twilight per uno dei Martedì del Terrore.»

«Per favore, Jug» lo supplicai. «Non fa abbastanza paura anche senza le tue citazioni?»

«Hai ragione» concesse lui.

Il piano terra della baita era enorme: un arioso open space con una cucina degna di uno chef affacciata su un'isola che a sua volta portava a un lungo, massiccio tavolo da pranzo. Più in là c'erano dei comodi divani, delle poltrone super-imbottite e un enorme caminetto in pietra ai cui lati erano posizionati due ceste di legna da ardere appena tagliata. Un lungo balcone costeggiava l'intero piano superiore, dove si trovavano le suite per la notte, ma a parte quello il corridoio che portava al seminterrato era uno dei pochi spazi ristretti di tutta la casa.

E *sembrava* proprio piccolo, stretto e claustrofobico, pur essendo probabilmente largo quasi quanto uno dei corridoi della Riverdale High. O forse era solo il terrore che prendeva pian piano possesso di me, anche se tentavo con tutte le mie forze di ripetermi che non potevo temere una cosa tanto banale come il buio, che avevo fissato Black Hood dritto negli occhi senza battere ciglio e avevo riconosciuto che quel sangue era il mio stesso sangue.

Più proseguivamo lungo il corridoio, illuminato soltanto dalla tenue luce bianca del cellulare di Jughead, più diventava difficile aggrapparmi a quel brandello di coraggio.

«Sembra che stiamo percorrendo il Miglio Verde» dissi io. Cercavo di fare una battuta, ma non faceva assolutamente ridere nel buio silenzioso e inquietante del blackout, soprattutto dopo che io stessa avevo rimproverato Jug per le citazioni horror.

«Questo corridoio trasmette decisamente una sensazione in stile *Dead Man Walking*, come se alla fine dovessimo per forza trovare la stanza 237. O la 1408.» Due dei suoi riferimenti preferiti a Stephen King. «Scusa, avevamo detto di non pensare ai film horror.»

«Non ti preoccupare» dissi. «Mi piacciono i tuoi hobby spaventosi, anche se adesso mi comporto da fifona. Magari vuol dire che siamo una coppia perfetta?»

«Sono decisamente a favore di questa interpretazione. Ma aspetta... guarda.» Alzò la luce.

C'era una porta in legno scuro massiccio, come tutte le altre e come tutte le superfici della baita; scintillava grazie a qualche lucido costoso e aveva un odore antico e muschiato che in qualche modo era rassicurante. Ed era fermamente piantata fra noi e il luogo dove si trovavano Veronica e Archie in quel momento. «È un po' inquietante, te lo concedo» disse Jughead. «Ma non è la camera 237, quindi possiamo trattenere il panico ancora per un po'.»

Afferrò la maniglia della porta e la girò. Niente, neanche il minimo spostamento.

«Posso andare nel panico adesso?» chiesi. Un'altra battuta che non faceva ridere.

Jug tirò l'orlo del suo berretto a corona, liberando una ciocca selvaggia. All'improvviso il suo volto adorabile si illuminò per l'intuizione: «È una stanza antipanico!»

«C'è una stanza antipanico nel seminterrato?»

«No. Be', sì. Più o meno.» Scosse la testa. «Scusa. Volevo dire che sono piuttosto sicuro che l'intero seminterrato funga da stanza antipanico. Pensaci, avrebbe senso. Hiram Lodge è di una ricchezza folle, e quelli come lui di solito sono *anche* follemente paranoici, il che significa sistemi di sicurezza di primissima qualità, follemente complessi ed elaborati. L'ipotesi più probabile è che la porta del seminterrato sia programmata per chiudersi in caso di blackout.»

«E se ci si trova dalla parte sbagliata quando si blocca?» Quella stanza antipanico pareva avere qualche difetto logistico.

Jughead alzò le spalle. «Sono sicuro che c'è un codice che i Lodge conoscono. Tipo un sistema per disattivarla in quel caso. Ma noi non ci chiamiamo Lodge. Veronica non si aspettava un blackout e Hiram Lodge non si aspettava che venissimo qui, quindi niente codice d'emergenza.»

«Vogliamo provare a gridare?» Ma ci avrebbero sentiti, poi? Quel posto era accogliente e suggestivo, ma sapevo che l'apparenza poteva ingannare; era costruito come una fortezza. Hiram Lodge non lasciava niente al caso.

«Possiamo tentare.» Batté sulla porta e gridò «Archie! Veronica!» diverse volte. «Probabilmente è insonorizzata.» Come a conferma delle sue parole, ai colpi sulla porta e alle sue grida risposero solo un silenzio di tomba e il rumore del nostro respiro cauto.

Decisi che anche la pace e la tranquillità potevano essere eccessive, a volte.

«Ma poi come fai a sapere tutte queste cose sui ricchi e sui loro sistemi di sicurezza?» chiesi, un po' affascinata da quest'ultima sbirciata nella psiche del signor Jughead Jones, nonostante le circostanze.

«Hiram Lodge praticamente sarebbe Bruce Wayne, se Bruce Wayne fosse malvagio, no?» Rise. «Magari Lex Luthor.»

«Non farti sentire da Veronica» lo ammonii. «Anche se sarebbe d'accordo.»

Il blackout non durò poi così tanto, in realtà... forse venti minuti? All'inizio continuavo a fissare il telefono, guardando il tempo che passava. Ma dopo circa cinque minuti di relativa tranquillità, Jug si lasciò scivolare lungo la parete fino ad accovacciarsi proprio davanti alla porta del seminterrato. Mi chinai e mi sistemai di fianco a lui, tirando le ginocchia al mento e accoccolandomi sotto il suo braccio. Immagino che avesse più senso tornare nel salone, che era fatto apposta per mettersi comodi, ma era buio, le uniche torce che avevamo erano quelle dei cellulari, e immagino che nessuno dei due volesse rischiare di scaricare la batteria prima che si attivasse il generatore.

A ogni modo, per un qualche tacito motivo stupido e superstizioso, non volevamo allontanarci troppo dalla porta del seminterrato, come se fosse super importante essere *proprio lì* quando fosse tornata la corrente e la porta si fosse riaperta.

Jughead si mise a ridere, e mi resi conto di quanto fosse assoluto il silenzio che lui aveva appena rotto.

«Che c'è?» chiesi, senza riuscire a trattenere un sorriso nel sentirlo ridacchiare.

«Betty Cooper» rispose lui, avvolgendosi la punta della mia coda di cavallo attorno a una mano. «Scommetto che non era questo che avevi in mente quando hai accettato di essere la mia Regina dei Serpents.»

Ci riflettei e poi mi misi a ridere anch'io. «Sinceramente non credo di aver avuto *niente* di preciso in mente quando me l'hai chiesto. Non è facile prepararsi in anticipo per una cosa del genere.»

«Già, è indubbiamente un ruolo in cui bisogna assecondare ciò che succede. Fiducia cieca» concordò lui. «Comunque è stato così anche per me con i Serpents.» Cercò di reprimere uno sbadiglio, cosa che mi ricordò che era stata una giornata lunghissima per tutti noi. «Se quando eravamo bambini mi avessi chiesto se saremmo finiti insieme, avrei pensato che fossi pazza.»

«Ehi!» gli diedi un colpetto con il gomito.

«No, cioè, sarei stato *felicissimo* all'idea che Betty Cooper *in persona* potesse essere interessata a... be', *Jughead Jones.*»

Capivo cosa voleva dire, e per una volta mi sembrò che stessimo avendo una conversazione sincera su chi eravamo, per noi stessi e l'uno per l'altra, senza che spuntasse lo spettro di Archie Andrews, Ragazzo Prodigio della Porta Accanto.

«E adesso eccoci qui...»

«... innamorati pazzi» lo presi in giro, in un insolito slancio sdolcinato.

«Innamorati pazzi» concordò lui, stringendomi a sé. «Nonché nel mezzo di un altro dei nostri assurdi appuntamenti, fra piantonamenti, cacce all'uomo e indagini. E non cambierei niente.»

«Neanch'io.» Gli posai la testa sul petto, inspirando l'odore della pelle vissuta della sua giacca dei Serpents. Ormai per me era profumo di casa.

Tuttavia, e forse era... il mio lato oscuro, qualunque cosa fosse ciò che mi impediva di essere la "perfetta Betty Cooper" che si aspettavano tutti... non potevo non chiederglielo. «Jughead... cosa pensi che succederà se Archie sarà condannato?»

Lui alzò le spalle. «Non lo so, sul serio. Cioè, come potremmo saperlo? So com'è stato quando mio padre era in prigione... per niente bello. Voglio dire, oltre al fatto che ovviamente mi mancava, c'erano tutte le preoccupazioni aggiuntive. Sta bene? Mangia? È al sicuro? Mi risponde sinceramente quando glielo chiedo? E ovviamente la risposta era sempre no. Mio padre non voleva mai farmi preoccupare.»

«Archie farebbe lo stesso...» riflettei, poi mi resi conto di quello che avevo detto. «Cioè... non credo che lo condanneranno, volevo solo dire...»

«... so cosa volevi dire, Betty. Non ti preoccupare.» Sospirò. «E sì, Archie farebbe *esattamente* lo stesso.»

«Non possiamo lasciare che finisca dentro, Jughead.» FP era un duro, e ovviamente Jughead si preoccupava comunque per lui quando il padre era in prigione. Archie era *forte*, certo, ma non era un *duro*. In carcere se lo sarebbero mangiato e l'avrebbero risputato ancora prima di colazione.

«Lo so» disse Jughead, posandomi un palmo caldo e rassicurante sulla nuca. «Faremo tutto quello che possiamo per impedirlo.»

Mi baciò dolcemente sulla testa, facendomi tornare il sorriso. «Mi sa che ti sei mangiato un po' di capelli.»

«Forse.» Rise.

«Scusa per la lacca.»

Restammo seduti in silenzio, cercando entrambi di non pensare a cosa sarebbe potuto succedere se Archie fosse finito in prigione. Provammo invece a ricordare tutto quello che avevamo affrontato da quando era arrivata Veronica, alla fine dell'estate precedente, nel mese in cui tutto era cambiato.

Jughead si riappoggiò alla parete. «Ehi, ti ricordi il weekend a New York che abbiamo fatto con Veronica l'anno scorso? Quando lei era ancora una new entry, ma noi quattro eravamo già amici, il nostro gruppetto si era già formato?»

«Certo.»

C'erano tantissimi aspetti incredibili da ricordare di quella gita... ma c'era anche un senso di disagio nascosto che ci aveva travolti mentre eravamo là. Erano emerse alcune cose. Potremmo chiamarlo "effetto Riverdale". Per la maggior parte del tempo cercavo di non pensarci e di concentrarmi sugli aspetti positivi.

E per la maggior parte del tempo funzionava.

Veronica ci aveva invitati in città per il nostro *primo* weekend fuori città. E anche se c'erano stati dei problemi, di certo non era stato nulla in confronto al primo weekend a Shadow Lake. Dobbiamo essere grati per le piccole cose, eccetera eccetera.

Veronica ci aveva detto che avremmo visto dei suoi vecchi amici, prima a casa loro e poi a cena. Archie era adorabile, fissava tutto con gli occhi sgranati: i grattacieli, le luci al neon, i cartelloni pubblicitari, i taxi gialli. Sembrava un cagnolino sovraeccitato. Nell'ascensore per salire a casa dell'amica di V, contava i piani. «Cinquantacinque, cinquantasei, cinquantasette...»

«Penso di non essere mai stato così in alto in un palazzo» disse Jughead, ma senza la gioia sfrenata che Archie trasudava da tutti i pori.

«Non posso credere che la tua amica viva qui» dissi.

«È fantastica» rispose Veronica. «Ma ha un bel caratterino, vi avverto.»

Le porte dell'ascensore si aprirono, rivelando un enorme, scintillante open space in stile minimalista e pulitissimo come la hall. Ogni dettaglio gridava "cool!"... e, più piano ma comunque senza ombra di dubbio, "soldi!".

Mi resi improvvisamente conto di come doveva essere stata rivoluzionata la vita di Veronica con il trasferimento a Riverdale. Non so se io l'avrei presa altrettanto bene.

«Lexi!» gridò Veronica, correndo verso la sua amica.

Una ragazza afroamericana alta e con gli zigomi più definiti delle decorazioni sulla parete attraversò la stanza. «Ronnie! Oh mio *Dio*, la campagna ti fa bene, tesoro!» I lunghissimi orecchini le sfioravano le spalle quando si muoveva.

«E questi sono i tuoi amici!» Ci guardò e, anche se sapevo che probabilmente dentro di sé ci giudicava in silenzio, ci fece un sorriso talmente ampio e luminoso che mi dimenticai di preoccuparmene o esserne infastidita. «Ho sentito parlare tantissimo di voi» ci disse Lexi «e sono davvero *felice* di conoscervi.»

«Cavoli. Questo posto è *pazzesco*» commentò Archie. Veronica sembrava divertita. La schiettezza di Archie era così... *da Archie*.

«Be', i miei genitori l'hanno preso come pied-à-terre» spiegò Lexi. «Ma adesso mio padre ha un acquirente in Cina che può pagare *molto* più del prezzo di mercato. Ma io dico prima di tutto: può *davvero* tirar fuori quei soldi? Perché *adesso* fanno così...» Alzò gli occhi al soffitto, come per dire "Lo sapete, vero?".

Io *non* lo sapevo affatto. Tipo che non ne avevo la minima idea neanche a livello di intuizione. Ma non l'avrei mai ammesso. «Oh, sì, certo» dissi, annuendo in un modo che speravo sembrasse convincente.

Fu presto chiaro che non importava che me ne preoccupassi. Lexi era una molto diretta, che andava dritta al punto. Mentre raggiungevo Jug per godermi la spettacolare vista su Central Park West, lei prese da parte Veronica.

«*Vorrei* che mi avessi detto che venivi con tre persone» sibilò.

«Cosa intendi?» Veronica sembrava davvero confusa. «Ho detto che portavo i miei amici.»

«Hai *detto* che portavi il tuo fighissimo ragazzo» rispose Lexi. «Non una scartata da *Sweet Valley High* e una comparsa di *Singles*.»

Io e Jughead ci scambiammo un'occhiata. Probabilmente ci saremmo dovuti offendere, ma in effetti ci aveva preso.

Veronica fece una smorfia. «Qual è il problema?»

Lexi incrociò le braccia. «La *questione*» rispose «è che ci vediamo con i ragazzi della Prep all'Essex e io ho prenotato solo per quattordici. E lo *sai* com'è là il sabato, è impossibile...»

«Uhm, signore.» Juggie fece un passo avanti dopo un mio rapido cenno di rassicurazione. «Anche se io e Betty apprezziamo la vostra premura sociale, non dovete preoccuparvi per noi. Sono più J.D. Salinger che Jay McInerney. Non avevamo intenzione di unirci ai *nouveaux riches* oggi.»

«Jughead non è mai stato a New York e io non ci vengo da quando ero bambina» spiegai. «Faremo i turisti!»

Lexi fece una smorfia, ma Veronica sembrò incredibilmente sollevata, il che mi diede un motivo in più per pensare che avessimo fatto la scelta giusta.

«Però *dovete* raggiungerci dopo» disse Veronica, e Archie aggiunse un semidisperato «Sì, per favore!».

Il piano era quello, a ogni modo.

Era una bella giornata, uno dei primi weekend realmente caldi da quando era cominciata la primavera, e i marciapiedi erano pieni di gente che si godeva il giallo burroso del sole pomeridiano e i boccioli sugli alberi. Dall'appartamento di Lexi prendemmo la metro fino a Washington Square, poi ci mettemmo a camminare su Houston Street, verso il Lower East Side, osservando i mille negozietti: pizza al taglio, vinili rari, un'insegna al neon lampeggiante che pubblicizzava i servizi di un vero sensitivo... Quella città aveva davvero qualcosa per tutti i gusti.

«Un altro che chiude i battenti» esclamò Jughead, indicando una saracinesca chiusa dall'altro lato della strada. Lanciai un'occhiata.

«LANDMARK SUNSHINE?» lessi. «Landmark come il registro dei luoghi storici? Se è così, come possono chiuderlo?»

Jughead scosse la testa. «È soltanto il nome del gruppo che lo gestisce. I Landmark Cinemas. Il Sunshine era...» Sembrò fare fatica a trovare le parole giuste.

«... un luogo storico?»

Fece una smorfia. «Be', sì. Era stato costruito nel 2001. Dava un sacco di film d'essai, non solo roba da popcorn.» La sua voce trasudava disprezzo.

«Oh, tipo quell'altro vicino alla New York University, l'Angelika.» Il profumo di popcorn che ne usciva mi aveva fatto quasi venire le vertigini... ma non eravamo venuti a New York solo per guardare un film. Quello potevamo farlo ovunque.

«Sì. Ma una città di queste dimensioni non dovrebbe essere in grado di sostenere più di un cinema indipendente? È stato già abbastanza brutto quando Hiram Lodge si è comprato il Twilight e l'ha demolito.»

Jug alzò le spalle, ma capii che era più arrabbiato di quanto volesse dare a vedere. Il Twilight era stata la sua casa, metaforicamente *e* letteralmente, per anni. Quando era stato venduto, lui ne aveva sofferto molto. «Non riesco a decidere se sia peggio che succeda in una metropoli o in una cittadina» disse.

«È orribile a prescindere da dove succede» sentenziai, prendendolo a braccetto. «Ma... ehi!» Sapevo di stare per dire una cosa un po' da fissata, ma ero felice di vedere qualcosa che riconoscevo. E magari cambiare un po' l'atmosfera, se possibile. «Katz! È il locale di *Harry, ti presento Sally*...!»

«"Quello che ha preso la signorina"» citò Jug, impassibile.

«Oddio, *adoro* quel film.» Sospirai.

Jughead fece una smorfia. «Argh. È troppo telefonato e stucchevole. Vuoi un bel film ambientato a New York? *Taxi Driver*.»

«Ma trasmette un messaggio così positivo» insistetti, stringendolo a me. «Adoro il fatto che all'inizio siano solo amici.»

Jughead però non cedette. «Ma lo *sono*, poi? Billy Crystal non vuole portarsi a letto Meg Ryan dalla prima volta che la vede?»

Non sapevo perché per lui fosse così difficile accettare il romanticismo del film. «Be', certo» protestai «e credo che anche lei sia attratta da lui. Ma non lo fanno, no? Restano solo amici... per *anni*!»

«Okay, senza offesa, ma penso che tu non abbia colto il vero senso del film» sbuffò lui.

Be', un conto era il cinismo, un conto l'allergia patologica ai cliché sdolcinati ma innocui. «Uhm, no» dissi piano, «credo che non l'abbia colto tu.» Stavamo... cominciando quasi a *litigare* per quello?

Jughead inarcò un sopracciglio nella mia direzione. «E quindi pensi *davvero* che uomini e donne possano essere solo amici?»

«Certo» risposi io, cercando di mantenere un tono neutro. «Guarda me e Archie.»

Lui fece una pausa. «No comment.»

Mi si rivoltò lo stomaco. Il cielo era azzurrissimo, eppure la giornata cominciava a guastarsi. Io e Jug eravamo perfettamente in sintonia quando eravamo arrivati, ma più ci addentravamo nel labirinto di downtown Manhattan, più sembrava che non fossimo più sulla stessa lunghezza d'onda. Dicono che gli opposti si attraggono, e per certi versi io e Jug eravamo un esempio perfetto.

O forse no, come stavamo scoprendo.

Lo portai alla Strand, una libreria indipendente poco più a sud di Union Square. Il suo slogan era "diciotto miglia di libri"; vagando per le corsie stracolme e traboccanti, pensai che forse era una stima anche troppo bassa. Jughead era in paradiso. O, nelle sue parole, "nella versione cinematografica del paradiso di Noah Baumbach", che nel suo mondo era persino meglio.

«Questo posto è *sublime*» commentò estasiato. «Voglio trasferirmi a New York per sempre solo per passare ore e ore qui dentro ogni sabato.»

«Approvo l'idea in tutto e per tutto» dissi io «ma siamo stati qui già un bel po'. Non dovremmo proseguire? Ci sono un sacco di cose da vedere!»

«Ma sono arrivato solo alla lettera *D* della sezione dei crimini reali.»

Non prometteva affatto bene. Sapevo che non l'avrei convinto proponendogli di tornare a Central Park o andare a Times Square: aveva già messo in chiaro il suo disprezzo per quel genere di "trappole per turisti". Dovevo ingegnarmi.

"A-ha!" Notai una prima edizione di *La mia vita in Francia* di Julia Child e cominciai a parafrasare qualche brano ad alta voce. Quando arrivai alla parte sulle *cassoulet* di anatra arrosto, l'attenzione di Jughead si risvegliò. «Andiamo a mangiare.»

Trovammo la cosa più vicina a un diner nelle vicinanze, ma scoprimmo che era diventato estremamente hipster, il che (ovviamente) fece sbuffare Jughead. Sul menu c'era un sundae da mille dollari. Feci notare che c'era della vera foglia d'oro dentro, ma lui non fu colpito. «Ma poi l'oro si può mangiare?»

Cercai di zittirlo con una risata, ma lui non aveva intenzione di fermarsi. «E comunque il mio hamburger è troppo cotto, il panino è troppo duro e per questo prezzo potrei comprare QUATTRO hamburger da Pop's. Perché poi siamo venuti qui?»

«Non lo so» risposi, frustratissima. «Perché è caratteristico!» Ce l'aveva consigliato l'app della guida Fodor, ma non era per quello che l'avevo proposto.

«E da quando ci interessa dove mangiano gli altri? Soprattutto se è un posto che fa cibo terribile?»

Deglutii. «Venivo qui con la mia famiglia, Jug.»

Lui appoggiò l'hamburger e mi guardò.

«Quando io e Polly eravamo piccole, ogni volta che venivamo a New York, i nostri genitori ci portavano qui a prendere un sundae. Non quello con la foglia d'oro, un semplice gelato alla vaniglia, ma comunque...» Sorrisi nel ripensarci. Polly prendeva la codetta di cioccolato e io gli zuccherini arcobaleno e a metà facevamo scambio.

«Con Polly è tutto così incasinato da quando Jason è stato ucciso, e lo sai che mia madre è sempre al limite. Ma ho pensato che forse questo posto non era cambiato. Potevo godermi i bei ricordi. Magari prendere un gelato. E in più tu potevi mangiarti il tuo hamburger newyorkese.» Abbassai gli occhi. «Ovviamente ho fatto un errore di valutazione.»

Jughead rimase zitto, metabolizzando tutto. «Okay, mi sto comportando da stronzo» ammise alla fine. «Scusami.» Si allungò sopra il tavolo per prendermi la mano. «Qual è la prossima tappa? Andiamo dove vuoi.»

La fontana di Bethesda a Central Park sarà anche stata l'ennesima "trappola per turisti", ma non ci deluse. Io e Jughead salimmo sui gradini e osservammo l'acqua che scorreva sotto l'elegante scultura, i colori intensi della natura che si riflettevano nelle varie vasche. Sotto di noi, le barche a remi attraversavano lentamente il lago. Il parco era di un verde intenso, lussureggiante, vivo, tanto da farmi sentire di nuovo sveglia, quasi positiva. Persino dopo la disastrosa pausa hamburger.

«Non è bellissimo?» Sospirai. «Questo lago compare praticamente in *tutti* i film ambientati a New York.»

Jughead scrollò le spalle. «Be', in tutte le commedie romantiche sciocche, certo.»

Mi venne il nervoso. Non era lui che appena mezz'ora prima si era scusato per avermi semi-rovinato la gita a New York? Adesso stava di nuovo mettendo il broncio? «E allora? Credi che i tuoi film newyorkesi preferiti siano meglio dei miei?»

«Non ho detto *quello*» protestò lui. «Intendevo solo dire... che a te piace il lato della città un po' più... *patinato*. Io preferisco quello più grezzo. Più reale.»

Fu il mio turno di scrollare le spalle. «Certo, Jug.»

Sapevo cosa intendeva, solo non ero pronta ad ascoltarlo.

Da Central Park ci mettemmo pochissimo ad arrivare a piedi al Dakota, un palazzo gotico maestoso ma anche incredibilmente chic, con le torrette affusolate e i tetti a cuspide che si stagliavano contro il cielo. Era splendido e minaccioso insieme. Perfetto per il mio umore.

«Oh, *finalmente* un vero pezzo di storia di New York» disse Jughead. «Il Dakota.»

«Lo sai che Veronica viveva qui prima che suo padre fosse arrestato, vero?» Era difficile immaginarlo, quel palazzo era così esagerato.

Ma del resto lo era anche V.

«Sì. Ma a livello culturale è un po' più rilevante la soglia. È lì che hanno sparato a John Lennon. Praticamente sulla porta di casa sua.» Non riuscivo a crederci: Jughead sembrava davvero *in estasi* per quell'inquietante pezzo di storia americana.

«Oddio» risposi. «Che tragedia.»

«Be', sì. Però, anche se se n'è andato in un modo orribile... *almeno* la sua eredità è rimasta intatta.» Jughead si infilò le mani in tasca. «Molte delle rockstar della sua epoca che sono ancora in vita adesso fanno musica mediocre oppure sono costrette a suonare canzoni che hanno scritto quarant'anni fa. È terribile che lui sia morto giovane, ma in un certo senso rende il suo ricordo più... *eterno*.»

Rimasi zitta, a riflettere.

«Che c'è? È un discorso troppo morboso?» chiese Jughead.

Non riuscivo a guardarlo negli occhi. «È che siamo... *così diversi*. Non vediamo le cose nello stesso modo. Non ci piacciono le stesse cose.» Feci una pausa, con gli occhi che mi si riempivano di lacrime. «Non so neanche se mi *piace* davvero New York.» Eccolo lì, il cuore pulsante del motivo per cui quello specifico punto critico della discussione era così... critico.

«In che senso non ti piace New York?»

«Cioè, mi *piace* abbastanza, certo. Passare una giornata qui è bello.» Anche se in realtà non era vero, quella giornata *non* era stata affatto bella. «Però non lo so. Forse hai ragione tu; mi piacciono le cose che mi piacciono, i posti che conosco... magari non sono la vera New York.» "Magari le differenze fra me e lui erano troppe. O lo sarebbero state, prima o poi."

Dopotutto Jughead era il mio fidanzatino delle superiori. Chi è che rimane insieme al ragazzo del liceo, alla fine? Mia madre e mio padre si erano sposati subito dopo la scuola... non erano proprio i testimonial migliori per quella scelta di vita.

Jughead sembrò davvero allarmato. «Betty, mi stavo solo comportando male» disse. «Avevo promesso di smettere, mi sarei dovuto impegnare di più. Non so cosa ci sia che non va in me. Non...»

«Credi che vivrai mai qui?» lo interruppi.

Lui si irrigidì. «Be', *un giorno*, sì. Ho sempre sognato di vivere nel Lower East Side, oppure a Brooklyn. Di passare qui i miei vent'anni prima di trasferirmi in una cittadina del Maine, tipo Stephen King.» Aveva uno sguardo triste, pensieroso. «E tu non pensi che vivrai qui?»

"È il momento della verità, Betty." Era la domanda a cui non volevo rispondere. Ma adesso me l'aveva fatta.

«Sinceramente? No, credo di no.»

Adesso *sì* che lo guardai. «Continuo a ripensare al tirocinio a Los Angeles dell'estate scorsa. Mi sono trovata *benissimo* là. Ho pensato che magari... potrei tornarci per il college.» Mi sembrava una delle cose più terrificanti che potessi mai confessare a Jughead, specialmente lì, in quel momento. Feci un respiro profondo e tirai fuori tutto il resto.

«Jughead, cosa ci succederà? Cioè... dopo la fine delle superiori?»

Ecco. Una domanda semplice a cui non si poteva dare una risposta rassicurante.

E infatti lui rimase fermo lì a balbettare, perché non c'era niente che *potesse* dire senza mandare in frantumi l'illusione che ci eravamo creati. L'elaborata convinzione che il mondo fuori da Riverdale non si sarebbe mai insinuato nelle nostre vite.

Alla fine non dovette rispondere. Fu salvato dalla campanella.

O meglio, dal clacson dell'auto. Erano Veronica e Archie. All'inizio non capii come avessero fatto a trovarci, ma poi saltò fuori che avevano deciso di passare dal Dakota così Veronica poteva rivedere il suo vecchio e sfarzoso mondo.

«E sinceramente me ne sto pentendo» scherzò lei, sporgendosi dal finestrino della macchina per chiamarci. «In confronto al Dakota, il Pembrooke sembra uscito da quel blog sulle stanze più brutte del pianeta.» Alzò gli occhi al cielo.

Decidemmo che eravamo pronti a tornare a Riverdale. Veronica e Archie furono tutti coccolosi per l'intero viaggio di ritorno, persi nel loro mondo, a tenersi per mano e scambiarsi battute solo loro.

«Sapete, credo di amare New York» disse Archie.

«Non esiste un altro posto così» concordò Veronica. «Ma per ora sono contenta di tornare a casa.»

«È *impossibile* che abbiate passato una giornata bella come la nostra» disse Archie.

Non lo diceva per sfida e nemmeno per vantarsi. Conoscevo Archie; era semplicemente entusiasta e innamorato. Mi fece riflettere.

Nel caso di Archie e Veronica, le differenze li avevano avvicinati, ma per me e Jughead avevano tirato fuori domande a cui nessuno dei due era pronto a dare una risposta.

«Sai una cosa?» Mi uscì un tono aspro, ma non potei trattenermi. «Sono sicura che hai ragione, Archie.»

Io e Jughead restammo in silenzio mentre la macchina risaliva la West Side Highway, con il fiume che sembrava nerissimo e senza fondo alla luce della luna.

Il mondo al di fuori di Riverdale ci chiamava. Lo sapevamo tutti. Un giorno, quando fossimo stati abbastanza grandi, avrebbe minacciato le nostre relazioni, le nostre amicizie... persino la cittadina stessa. Adesso sapevamo tutti che quel giorno sarebbe arrivato.

Ma in quel momento, nonostante la terribile débâcle della nostra gita estemporanea, credevo ancora che ci restasse più tempo.

All'epoca non avevo idea di quante fossero le cose che non sapevo.

Tornando al presente, nel silenzio freddo e buio della casa sul lago di Veronica, abbracciai forte Jughead, presa da quel ricordo malinconico. «Che giornata. Ci sono stati dei bei momenti.» Come sempre cercavo di concentrarmi su quelli.

«Già» si affrettò a concordare Jughead. Ogni tanto si dava anche da fare per fingere. Ma poi il suo tono cambiò, si fece più reale. «Ma ci ha sicuramente lasciati scossi a proposito di... non so, la vita vera. Il futuro. Dove saremmo finiti.»

«Sono stata preoccupatissima per tutto il viaggio di ritorno» risposi. Mi faceva bene essere così diretta con lui. «Riuscivo soltanto a pensare alla data di scadenza della nostra relazione, che incombeva su di noi. Poi siamo tornati, abbiamo ripreso il ritmo e le cose sono andate bene...»

«Le cose sono state *fantastiche*» disse lui, baciandomi.

«Sì, *fantastiche*. Epiche. E adesso...»

Adesso si sta sgretolando tutto comunque, pensai. Non ebbi la forza di dirlo ad alta voce. Mi chiedevo se non avessimo semplicemente negato l'evidenza per tutto il tempo.

Jughead mi sfiorò la guancia con un dito. «Lo so.»

Ero felice di non dovermi spiegare. Il legame tra me e Jug era più forte che mai, quello era certo. Ma non era sufficiente. Non bastava a impedire al nostro mondo di disgregarsi.

Sentimmo un improvviso, nettissimo suono di risucchio, come quando si apre qualcosa sottovuoto, e la casa si risvegliò con un gemito. Battei le palpebre per le luci, che sembravano accecanti dopo il blackout.

«È tornata la corrente» disse Jughead. «Andiamo a vedere come stanno gli altri?»

Annuii, ma mentre ci alzavamo a fatica, la porta della cantina si spalancò. Veronica sembrava accaldata ma trionfante. «Mai sottovalutare i sistemi di sicurezza di Hiram Lodge» disse. «Stiamo bene ed è finita. Che sollievo.»

Fu *davvero* un sollievo. Per il momento.

Ma non era del tutto vero.

Non era finito niente.

E io avevo paura che nulla sarebbe mai più andato veramente "bene".

Una volta che fummo tornati di sopra, Archie risollevò l'orribile questione che non avevamo ancora risolto.

«Detesto dirvelo, ragazzi, ma quei... uhm, quegli uccelli sono ancora là fuori.» Sembrava davvero disgustato al solo pensiero. «Io e Jug possiamo pulire. Faremo in fretta.»

«E se fossimo nell'Europa medievale, io e Betty vi potremmo concedere questa notevole manifestazione di misoginia travestita da cavalleria, Archie-bello» ribatté Veronica. «Ma visto che siamo nel Ventunesimo secolo e che, sorpresa sorpresa, proprio come Ginger Rogers, il cosiddetto "sesso debole" sa fare tutto quello che fate voi ragazzi, ma camminando all'indietro e sui tacchi, contribuiremo anche noi.» Mi lanciò una rapida occhiata e io annuii. «Otto mani lavorano più in fretta di quattro e abbiamo ancora un sacco da fare prima di andare a dormire.»

Sul viso di Archie si leggeva una complicata combinazione di amore, orgoglio e sofferenza. Non voleva che Veronica dovesse sistemare il suo casino. Ma gli era sfuggito un particolare fondamentale.

Era il casino di *tutti noi*, non solo il suo. Quello non riusciva ancora a capirlo.

Cominciai a rimboccarmi le maniche, letteralmente. «Su, Archie. Ce la possiamo fare.»

«Un piccolo passo per B e V, un grande balzo per il femminismo» sentenziò Veronica. Non sembrava entusiasta all'idea di quello che stavamo per fare, ma era comunque *determinata*. «Se non altro sarà un ottimo motivo per sostituire queste scarpe con gli stivaletti decorati di Jimmy Choo che ho adocchiato da Stacks Fifth Avenue.»

«Ecco il lato positivo che aspettavamo tutti» commentò Jughead.

Facemmo tutti una risatina, ma tirata.

Era un lavoro disgustoso, ma V aveva ragione: concentrandoci tutti e quattro, finimmo in fretta. (Non che questo rendesse la faccenda meno rivoltante.) Ben *presto* tutti sudavamo e sbuffavamo e Veronica, insolitamente in disordine, si caricò in spalla un enorme sacco della spazzatura nero. Un ciuffo nero le cadde sulla fronte e lei scosse la testa per toglierselo dagli occhi.

«Sapete» rifletté, «lo scorso Capodanno, quando ero all'Ashram di Maiorca con Bella Hadid, uno swami mi ha detto che i corvi portano sfortuna. E devo ammettere che non ci ho mai creduto quanto adesso.»

«Non starò neanche a chiedere cosa sia "l'Ashram"» intervenne Jughead «ma sarebbe difficile considerare una pila di uccelli morti come un segno *positivo*. Uno stormo di corvi è chiamato anche "parlamento", e in parlamento non succede mai nulla di buono.»

«Te lo sei inventato» commentò Archie.

«Fidati, Arch, non sono così creativo.»

Per la milionesima volta dal suo arresto, vidi il panico attraversare il viso di Archie. «Su, ragazzi» dissi. «C'è in gioco la vita di Archie. Non ci lasceremo distrarre da qualche stupida superstizione.»

«Betty ha ragione» rincarò Veronica. «Neanche il responso di uno swami consigliato da *Goop* è sacrosanto.» Passò il sacco ad Archie, che lo portò in fondo al lungo vialetto, dove si trovavano i bidoni a prova di animali. «E adesso cosa facciamo?»

«Non so voi, ma io muoio di fame» disse Jughead.

Lo fissammo entrambe. «Che c'è?» chiese lui, sorridendo.

«Vediamo se ho capito bene» disse Veronica. «Una pila di corvi morti ti risveglia l'appetito?»

«Non l'hai ancora capito, Veronica? Il mio appetito non ha bisogno di essere risvegliato. È onnipresente. Come *Goop*, purtroppo.»

«Ci sta» rispose lei. «Anche se non posso dire che sia in cima alla mia lista delle cose da fare, probabilmente un po' di cibo farebbe bene a tutti. Vi vanno bene le stesse camere dell'altra volta?» Tutti annuirono. «Allora posiamo i bagagli, diamoci una rinfrescata e facciamoci uno spuntino di mezzanotte.»

Jughead mi lasciò fare la doccia per prima; una mossa galante, forse anche un po' sessista, ma non avevo certo intenzione di mettermi a discutere finché sulle mie mani potevano esserci ancora i germi dell'eventuale influenza aviaria di Shadow Lake. Regolai la temperatura dell'acqua al massimo, lasciai che la stanza si riempisse di vapore e mi feci quella che potrei solo descrivere come la doccia di *decontaminazione* del secolo.

Mentre mi asciugavo, mi resi conto che mi tremavano ancora le mani. Nonostante lo specchio annebbiato, vidi che avevo gli occhi rossi e stanchi. Quella notte era infinita. E Veronica aveva ragione: ci restava ancora un sacco da fare.

Lanciai un'occhiata ai miei jeans, appallottolati sul pavimento del bagno. Nella tasca posteriore c'era il flacone di Adderall, che avevo preso di nascosto dalla borsa prima di entrare nella doccia, per sicurezza. Era notte fonda, la luce era già saltata una volta e mi sentivo la pelle in fiamme. Che mi ci volesse un'altra dose?

Con i jeans in una mano e l'Adderall nell'altra, stavo valutando quale fosse la meno peggio delle alternative, quando lo sentii. Un trillo, un cinguettio, un'ouverture.

Il mio cellulare. Mi ero portata anche quello in bagno. Suonava, aggressivo e insistente. La suoneria non finiva mai.

E non era una suoneria qualsiasi.

Era *Lollipop*, una vecchia canzone pop apparentemente innocente che però mi gelò il sangue.

Lollipop... la suoneria di Black Hood.

Non sta succedendo sul serio, pensai disperata. Non può essere. Ti abbiamo preso. Eri mio padre, ti abbiamo smascherato e ora sei in prigione.

Ma se non era vero, perché il telefono non *smetteva di suonare*?

Premetti IGNORA, cercando di zittirlo. La scritta "NUMERO SCONOSCIUTO" lampeggiava sullo schermo, come per prendermi in giro. Per la frustrazione, scaraventai il telefono sulla specchiera e lo sentii rompersi.

«Betty, tutto okay là dentro?» Jughead sembrava abbastanza tranquillo: doveva aver sentito qualcosa che l'aveva spinto a controllare come stavo, ma niente di veramente preoccupante. Non quella specifica suoneria. Di quello ero sicura: avrebbe sfondato la porta alla prima nota.

«Sto bene!» gridai, respirando a fondo per convincermene. Lanciai un'occhiata al flacone che avevo in mano. Adesso era aperto.

Cosa? Quando era successo?

Anche il rubinetto era aperto.

Avevo preso una pillola? Più d'una? Come potevo non ricordarmelo?

Sempre più agitata, riavvitai il tappo (avrei contato le pillole più tardi, appena fossi stata più lucida), mi rimisi in fretta i vestiti e infilai di nuovo il flacone in tasca. Ogni cellula del mio corpo era all'erta... e non sapevo bene perché. La telefonata immaginaria? L'effetto del farmaco? Entrambe le cose, oppure nessuna?

«Posso entrare? Non voglio metterti fretta, ma non vedo l'ora di sciacquarmi via il virus Ebola. Ho paura di diventare uno zombie mutante se resto a marinare troppo a lungo.»

«Certo, un attimo solo!» Afferrai il telefono e lo girai. Forse c'era un modo per rintracciare la chiamata anonima, se non adesso, magari più tardi, una volta che fossimo tornati a casa e che mi fosse rimasto solo il ricordo lontano e divertente di quell'incubo.

Lo schermo *si era* effettivamente rotto quando avevo lanciato via il telefono. Una crepa sottile serpeggiava sul vetro, come l'immagine di un fulmine biforcato. Con una morsa gelida che mi attanagliava lo stomaco, scorsi il registro delle chiamate.

NESSUNA CHIAMATA PERSA.

Scossi la testa e guardai di nuovo.

NESSUNA CHIAMATA PERSA.

Mi costrinsi a tirare fuori una voce normale. «Arrivo» dissi a Jug.

O facevo così, o impazzivo sul serio.

16

JUGHEAD

Uno degli altri vantaggi inaspettati dell'avere accesso alla casa delle vacanze di Hiram Lodge era l'acqua calda apparentemente infinita, cosa che la mia famiglia non aveva mai avuto nel campo roulotte. Potete dire tutte le cose che volete di quel magnate megalomane (e io ne avevo dette un po' su di lui, avrei potuto dirne mille altre e probabilmente l'avrei fatto), ma di certo sapeva come attrezzare una casa nel bosco.

Betty se la prese comoda con la doccia mentre io me ne stavo sdraiato sul letto a osservare i riccioli di vapore che uscivano da sotto la porta, a riflettere sulla serata, sulle (poche) prove che avevamo e su quello che stavamo ancora cercando (qualsiasi cosa potesse incriminare Hiram e dunque scagionare un certo Archie Andrews).

Dire che ci sembrava un'impresa impossibile era...

"No." Mi costrinsi a scacciare quel pensiero. Betty non l'avrebbe accettato, lo sapevo bene. Aveva un sacco di demoni personali da affrontare, li avevo visti più volte e avevo fatto del mio meglio per aiutarla a tenerli a bada, ma quando si trattava dei suoi amici, la sua speranza non veniva mai meno. Potevo farcela a seguire almeno in parte il suo esempio.

E quindi quella era la nostra versione bizzarra di quel vecchio gioco in cui per vincere occorre indovinare le risposte del compagno di squadra: *Cosa farebbe Betty?* Se volesse cercare di farmi scacciare quei pensieri negativi, cosa mi direbbe?

Era facile. Mi avrebbe suggerito (o meglio, avrebbe *insistito*) che indagassi ovunque. L'avevamo fatto insieme un sacco di volte.

Ovunque... tipo nel rifugio segreto di Hiram Lodge?

Doveva essere il suo ufficio. Ne aveva uno al Pembrooke, l'avrà certamente avuto al Dakota ed ero sicuro che ne avesse uno anche lì. Almeno uno. Se c'era un uomo che aveva bisogno di un'intera collezione di armadi per nascondere il suo esercito di scheletri, quello era il padre di Veronica.

Okay, quindi dovevo trovare quegli armadi e perlustrarli a fondo.

Bussai alla porta del bagno. Ci fu un istante di silenzio, poi la porta si socchiuse. Betty sbirciò fuori, avvolta in un asciugamano e con gli occhi ancora un po' sgranati.

«Tutto okay?» Non sembrava rilassata come mi sarei aspettato, dopo quella lunga doccia calda. Del resto quello non era propriamente un weekend rilassante nella casa sul lago.

«Certo» rispose subito lei, con un tono che non mi convinceva del tutto. «Scusa, ci ho messo un po'.»

«No, nessun problema» le assicurai. «Ho bussato proprio per quello, per dirti di rilassarti un attimo. Ci sono almeno altri tre bagni qui, userò quello della stanza degli ospiti qui a fianco. Ci vediamo in cucina?»

«Oh! Certo. Guardò un punto alle mie spalle, poi i suoi occhi tornarono a guardare i miei. «Buona idea.»

«Sei sicura che sia tutto a posto?»

«Perché non dovrebbe?» Mi diede un rapido bacio, avvolgendomi nell'intenso aroma floreale dello shampoo che aveva appena usato, di qualunque prodotto di trattasse.

«A parte il fatto che siamo tornati nel luogo dove siamo stati aggrediti brutalmente nella speranza di impedire che il nostro amico accusato ingiustamente finisca in prigione? Oh, e non dimentichiamo il cestino di benvenuto di uccelli insanguinati. Per alcune persone questa situazione potrebbe essere un pochino stressante. Sai, tanto per cominciare.»

«Sto *bene*» insistette lei, con una voce più normale. «*Alcune persone* non sono di Riverdale, te lo ricordi?» Mi passò un asciugamano asciutto e mi spinse via dalla porta. «Noi siamo esperti di questo genere di cose.»

Fissai la porta chiusa, divertito e un po' sorpreso. Betty mi faceva sempre quell'effetto. «Come potrei mai dimenticarmelo?»

Dopo una rapida doccia, trovai l'ufficio di Hiram in fondo al corridoio del primo piano. Se la porta non fosse stata socchiusa, non l'avrei mai notata, il che poteva rappresentare il primo colpo di fortuna dell'intera serata. Sperai che non fosse anche l'ultimo.

La stanza era arredata secondo il *Manuale per maschi alfa della criminalità organizzata*, che immagino fosse lo stile di tutte le stanze che usava come rifugio. Pelle nera, pareti rivestite di pannelli di legno, una qualche specie di pelliccia di animale morto sul pavimento, un caminetto enorme e diversi busti di animali imbalsamati sulle pareti. Nell'angolo c'era un mobile bar che sembrava vintage, pieno di bottiglie e ben rifornito di bicchierini in cristallo levigato. Era un incrocio tra *Quei bravi ragazzi* e *Shining*.

Volevo essere discreto; anche se Veronica era d'accordissimo con l'idea che suo padre fosse il supercattivo del film horror in cui eravamo finiti, era comunque imbarazzante frugare tra le cose di Hiram senza che lei lo sapesse. Se avessi trovato qualcosa, avrei potuto giustificare meglio il fatto che avevo sbirciato nell'ufficio.

"E quindi devi solo trovare qualcosa, Jones" pensai, facendo scorrere lo sguardo in tutta la stanza. Nell'angolo più lontano c'era uno schedario, costruito con lo stesso legno brunito della scrivania lucida e dei tavolini disposti qua e là. Ma quando tirai le maniglie, scoprii che non si aprivano. Non so perché restai sorpreso. Anche il cassetto più in alto della scrivania era chiuso a chiave. Ovviamente.

In quella situazione c'era bisogno di Betty. Lavoravamo meglio insieme, in genere. Era lei la vera Nancy Drew del duo. Io ero più che altro *appena* più utile di Ned Nickerson, a essere onesto.

Lo sguardo mi cadde su una libreria in fondo alla stanza. Nello specifico, sulla vecchissima Underwood che c'era sopra, con i tasti che sembravano file su file di denti, neri e forti. Betty mi aveva regalato una macchina da scrivere vintage come quella il Natale precedente. Buffo, il suo regalo mi era parso pensato e originale, mentre questa Underwood sembrava minacciosissima.

"Dipende tutto dal contesto" pensai, ripensando di nuovo a Stephen King. Paul Sheldon aveva ucciso Annie Wilkes con una macchina da scrivere simile nel romanzo originale di *Misery*. Indubbiamente minacciosa. "Siamo i tuoi ammiratori numero uno, Hiram."

Era difficile credere che il *padre* di Veronica fosse deciso a rovinare la vita di Archie, ma sarebbe stato ancora più difficile accettarlo se Jason Blossom non fosse stato ucciso dal suo stesso padre appena un anno prima. Betty aveva ragione: noi ragazzi di Riverdale crescevamo in condizioni particolari. I nostri riti di passaggio erano decisamente più cupi, ma immagino che servissero anche a rafforzarci.

Sempre che non ci uccidessero direttamente.

«Che ci fai qui?»

"Merda." Beccato. Alzai gli occhi e vidi Veronica, vestita in modo insolitamente casual, che mi fissava attraverso gli enormi occhiali da lettura dalla porta della stanza.

"Sto solo frugando tra i documenti personali di tuo padre senza dirtelo." Ma non avevo trovato niente, almeno non ancora, e quindi non riuscii a tirar fuori la verità. «Io, ehm... cercavo una doccia, così Betty poteva restare più a lungo nella nostra. C'era la porta aperta e ho intravisto quella Underwood. È uno splendore.»

«Vero. Senza dubbio qualche altro fedelissimo suddito criminale l'ha regalata a papino per tenerselo buono.» Alzò gli occhi al soffitto. «Come se scrivesse a macchina i suoi appunti da solo. È troppo Don Draper per cose così banali.»

Scrollai le spalle. «Potrebbe essere solo per far scena. Com'è che li chiamano, *objet*? O magari la usa per i suoi... documenti riservati. Roba che non vuole salvare su un disco fisso.» All'improvviso mi si accese una lampadina. "E se..."

Ma prima che potessi elaborare quel pensiero, Veronica alzò un sopracciglio. «E non è che magari sei qui perché speravi di trovare proprio qualcuno di quei documenti riservati?»

«Uhm...» Sorrisi imbarazzato.

«Tranquillo, Jughead, lo capisco... in fondo è per questo che siamo qui. Possiamo tornare quassù e perlustrare bene dopo che avremo mangiato.»

«Ottimo piano.» Ed era un sollievo sapere che voleva dimostrare l'innocenza di Archie a qualsiasi costo, anche provando la colpevolezza di suo padre.

«Nel frattempo sei comunque libero di passare al setaccio ogni angolo di questa stanza. Dico sul serio, controlla tutto. Ma cerchiamo di non lasciare tracce.»

«Certo che no.» Non c'era neanche bisogno che lo dicesse (anche se Veronica ovviamente non la pensava così).

«Questo significa anche non *annunciare* direttamente la nostra presenza, Jug» disse, sospirando come una paziente maestra d'asilo che si rivolge a un bambino particolarmente indisciplinato.

«Ovvio.» La guardai. «Aspetta... cosa vuoi dire? Sembra che tu ti riferisca a qualcosa di specifico.»

Mi si avvicinò rapidamente. Il suo completo da casa in cashmere fece uno *swish*, come un sussurro. «Jug.» Batté il dito sulla finestra. «Un pochino eccessivo, non credi?»

"Eccessivo." Ma cosa stava indicando? Guardai.

Era una corona, il mio simbolo tradizionale, disegnato a mano e in fretta, con il dito indice sulla condensa del vetro. La fissai. «Fa molto... *La signora scompare*.»

«Esatto.» Veronica si avvolse il maglione attorno al pugno e sfregò finché dell'immagine non rimase solo un segno irriconoscibile. «In altre parole, per definizione, è troppo. Quindi stai più attento. Sei perdonato per questo. Ora scendo nella cantina dei vini a prenderci qualcosa di corposo da sorseggiare con lo spuntino di post-mezzanotte. Niente che ci annebbi la mente, ma credo che a tutti farà bene scioglierci un pochino.»

«Non... hai tutti i torti.» Battei le palpebre e la corona rispuntò, tremolante ma riconoscibile.

Strizzai ancora gli occhi e la corona scomparve di nuovo.

Che fossi già troppo annebbiato?

Se mi fossi sciolto un pochino, cos'avrei visto? La corona sarebbe rispuntata di nuovo?

Non ero così sicuro di volerlo scoprire.

«Sii un dieci per cento più discreto, Sherlock» disse Veronica. «Ci vediamo di sotto fra cinque minuti.»

«Certo. Sicuro. Hai ragione.» Non mi voltai dalla finestra, sentii solo che usciva dalla stanza con un altro *swish* e percorreva il corridoio.

"Un dieci per cento più discreto." Potevo farlo. Sapevo di esserne in grado.

Ma non sapevo se potevo promettere che non ci sarebbero state più corone, per un semplice motivo: quella sulla finestra non l'avevo disegnata io.

JOSIE

La nostra prima tappa dopo la festa di Reggie? Il covo delle Venom. Avevamo delle bombolette di vernice e le Pussycats non disdegnavano un po' di espressione artistica soft per intimidire le rivali.

«Amica mia, tu sì che sai far vedere chi siamo» commentò Val, osservando la mia scritta.

"Nove vite sono meglio di una" diceva il graffito. Un po' il nostro motto.

«Mi dispiace solo che la vernice sia temporanea» dissi. «Dovremo sfidarle di nuovo quando la pioggia avrà lavato via questo fantastico tributo.»

«Senza dubbio» rispose Melody.

Forse diceva sul serio, o forse no, ma era bello sentirlo.

«Ora sta a te» le dissi. «Qual è la prossima tappa?»

«La piscina comunale.» Sorrise. «Nuotare fuori orario è molto più bello.»

«Mi piace il tuo modo di pensare» approvai. «Val?»

«Pop's» disse lei. «Mi piacciono i classici. Un po' di milkshake, un po' di balli… sui tavoli.»

«Puoi fare di più» suggerii. «Ballare sui tavoli è un classico, certo, ma vanno bene anche i banconi. Tipo *Coyote Ugly*, ma senza stupidaggini sulle ragazze bianche, e poi noi non siamo neanche lontanamente *ugly*.»

Le brillarono gli occhi. «Perfetto.»

Mi vibrò il telefono nella tasca posteriore. Sweet Pea, probabilmente. Oppure Reggie.

In ogni caso, lo ignorai e basta. Non avevo tempo per quelle seccature in quel momento.

Cheryl:

Josephine, T dice ke t vedi cn Sweet Pea mentre noi siamo via. Cm ho fatto a nn capirlo?

Cheryl:

Lascia ke t dica... datti da fare! (Rispetto la tua privacy, ma sl fino a 1 certo punto, dato ke ho il dovere morale d tenere sempre sotto controllo le mie Vixens e le loro "attività extracurriculari".)

Cheryl:

Cmq Toni a quanto pare ha scambiato qualche msg criptico cn lui stasera ed è furibonda xké lui si è dato al silenzio stampa.

Cheryl:

Se x caso lo senti stasera, potresti gentilmente dirgli ke la mia amata Serpent sta cercando d contattare il tuo amato Serpent?

Cheryl:

Grazie & baci!

***

Dilton:

Nessuna notizia dal tuo contatto.

Sweet Pea:

Ti scriverà, tranquillo. E già ke c 6, cancella il mio numero.

***

PP:

Ho avuto il tuo contatto da un amico comune. Hai quello che mi serve? Puoi occuparti del lavoro?

Dilton:

Al giusto prezzo, certo.

PP:

Sicuramente troveremo un accordo. I miei ragazzi ti contatteranno.

17

VERONICA

Fu quasi divertente vedere l'espressione palesemente colpevole di Jughead che frugava nello studio di mio padre a mia insaputa, considerando che lo scopo stesso della gita al lago era cercare delle prove. *Quasi* divertente... finché non mi fermai a riflettere su quanto Betty e Jughead fossero stati irremovibili sul fatto che per mio padre non ci fosse possibilità di redenzione e che qualsiasi macchinazione avesse messo in atto avrebbe distrutto non soltanto noi quattro, ma anche tutto quello a cui tenevamo a Riverdale. All'epoca non li avevo voluti ascoltare, non ero pronta... ma quando papà aveva deciso che la vita di Archie era soltanto un danno collaterale nella nostra perenne Guerra dei Roses...

Be', in quel preciso momento la cosa aveva smesso di essere "divertente", se mai lo era stata prima.

E dovevo riconoscerlo a Jug e Betty, non mi avevano mai rinfacciato "te l'avevamo detto".

Dirò soltanto che se avessi trovato Jughead a frugare tra i documenti di mio padre l'ultima volta che eravamo venuti lì, sarebbe potuto essere il colpo di grazia per la nostra amicizia a quattro. In quell'occasione c'era molta tensione tra noi. Stavolta, però, la nostra piccola banda di aspiranti Robin Hood era l'ultima speranza di giustizia.

Per come stavano le cose, fui più che felice di lasciare che Jughead restasse un altro po' in quell'ufficio, purché non lasciasse il proverbiale zampino in ogni angolo della casa.

D'altra parte, il pensiero di rovinare i piani di papà *e* sbatterglielo in faccia...

Be', non posso dire che non mi tentasse.

La cantina dei vini della Loggia dei Lodge è più vecchia della baita stessa. Esisteva già quando quell'edificio era ancora una locanda e non la casa delle vacanze di una sola famiglia. Papà aveva restaurato tutto da solo (o meglio, aveva pagato decine di architetti e operai che lo restaurassero *per* lui), con un sacco di consigli estetici da parte di mia madre. Tuttavia, come gli piaceva ricordare agli ospiti che venivano lì per il weekend, non c'era stato bisogno di ritoccare la cantina. Soddisfaceva i requisiti commerciali, ovviamente, perché a un certo punto *era stata* una cantina commerciale, e ne aveva anche le *dimensioni*. Era regolata sulla temperatura ideale di tredici gradi, che mi parvero pochi dopo la doccia calda. L'ambiente era progettato come una cantina toscana, con il pavimento di ampie lastre di pietra e file su file di portabottiglie perfettamente impilati in quadrati di legno.

Andai dritta ai pezzi più preziosi della collezione. Erano facili da riconoscere anche per chi non era cresciuto in mezzo a quel lusso. Si distinguevano per come mio padre li conservava: di lato, con le etichette non visibili, in modo da colpire di più chiunque si trovasse a fare un giro da quelle parti. Alcune di quelle bottiglie valevano più dell'anello di fidanzamento di mia madre. Non serviva essere un sommelier professionista per saperlo.

Scorrendo tutte quelle belle etichette, morbide come seta e con rilievi in foglia d'oro, ebbi un attimo di semi-debolezza. O forse il modo migliore per definirlo è che decisi di procedere lentamente con la mia vendetta, di sferrare colpi appena percettibili.

Presi un Domaine Leroy Musigny Grand Cru, un pinot nero che mia madre adorava bere di fianco al caminetto nelle fredde sere d'autunno e che mio padre aveva acquistato a un'asta per 8.400 dollari. (Era considerato un grande affare.) Decisi che sarei tornata in seguito per lo champagne da 350.000 dollari, per brindare alla libertà di Archie una volta archiviato quel terribile casino.

Visto? Procedevo al ritmo giusto. Non dovevo scegliere fra

le due bottiglie, visto che ci sarebbe stato un momento per entrambe.

Per il momento il pinot trafugato sarebbe stato un colpo sufficiente, appena mio padre si fosse accorto che era stato rubato sotto i suoi occhi e sorseggiato proprio dal ragazzo a cui aveva deciso di rovinare la vita.

Quando lo ebbi in mano, con le dita avvolte sui delicati rilievi dell'etichetta, andai silenziosamente verso il corridoio per un'occhiata rassicurante al generatore. Era un modello standby, anche quello nel rispetto dei requisiti commerciali, e assolutamente affidabile in qualsiasi caso, a parte forse l'apocalisse vera e propria. Papà lo teneva nella stanza di sicurezza, lì nel seminterrato; era una vera e propria centrale, con telecamere a circuito chiuso, attrezzature per gli imprevisti come il generatore e altri prodotti tipo "in caso di emergenza, rompere il vetro", fra cui delle torce di ottima qualità e un kit di pronto soccorso. Vi si accedeva attraverso un pannello nell'ufficio di papà a quel piano: come avevano sottolineato gli altri, era proprio da supercattivo. Volevo controllare prima, quando io e Archie eravamo venuti a disattivare l'allarme, ma poi era saltata la corrente; quando era tornata, ormai Betty e Jughead erano dall'altro lato della porta e c'era del sangue di corvo da ripulire.

"Un sabato sera qualunque nell'attuale incubo a occhi aperti di Veronica Lodge."

Inserii il codice nel pannello (era lo stesso dell'allarme: il mio compleanno, sempre il mio compleanno) e mi infilai nello spazio lungo e stretto attraverso una porta. Se non si guardava attentamente, sembrava soltanto un armadio o uno sgabuzzino.

Avevo discusso con i miei amici la possibilità di disattivare le telecamere e avevamo deciso di non farlo. Troppo pericoloso, considerando che non sapevamo chi o che cosa fosse sulle nostre tracce. Mi guardai intorno. In un angolo c'era il generatore, massiccio e imponente, con il led verde lampeggiante, che significava che era carico e pronto ad attivarsi. In quel momento però non era attivo; quindi, qualunque cosa avesse causato il breve blackout, il problema si era risolto e la rete elettrica aveva ripreso a funzionare. Non sapevo dire se fosse un'informazione utile in qualche modo, ma per il momento era principalmente confortante. Funzionava tutto.

... O *no*? Guardando meglio la serie di monitor di sicurezza (ce n'erano sedici, disposti a scacchiera), vidi che uno era grigio e trasmetteva solo un ronzio.

La telecamera era spenta. Ma noi *non* ne avevamo disattivata nessuna. Ne avevamo parlato, e poi per un po' ero stata distratta.

Osservai quei begli schermini ordinati. Uno mostrava l'ingresso del vialetto. Gli altri inquadravano ciascuna delle stanze e lo studio... ecco Jughead, decisamente confuso, che fissava il punto della finestra su cui avevo trovato la sua corona.

C'erano altre telecamere posizionate in punti critici del bosco e una sulla porta posteriore della baita. Un'altra era piazzata sulla vasca da bagno, come un vecchio guardone viscido.

"Le riprese" pensai. Un filmato di quella notte sarebbe stato estremamente utile. Un filmato del bosco, dove Andre e Archie avevano trovato Cassidy.

Una rapida scorsa alle cassette, tuttavia, mi fece subito capire che, se quel video era mai esistito (e, conoscendo papà, ne ero certa), non si trovava lì. O quantomeno non era in vista.

E la telecamera che era stata spenta?

Era quella posizionata sulla porta principale... quella che ci avrebbe rivelato esattamente chi era stato a piazzarci gli uccelli.

Da quanto tempo era spenta? Mi sarei presa a calci per non aver controllato le telecamere quando io e Archie eravamo scesi la prima volta, come avevo annunciato che avrei fatto. Allora avrei potuto capire se era solo un problema temporaneo, o un effetto del blackout...

O se qualcun altro l'aveva disattivata apposta.

Magari la stessa persona che aveva lasciato gli uccelli sulla porta, per esempio.

Era abbastanza facile capire perché volesse distruggere il filmato.

Il difficile sarebbe stato dimostrarlo.

Supponendo che ci fosse qualcuno che ci spiava e che ci terrorizzava di proposito.

E supponendo che riuscissimo a uscirne vivi.

18

ARCHIE

«Faccio solo un salto giù in cantina. Prendo qualcosa di secco e corposo da sorseggiare mentre elaboriamo il piano per l'indagine» disse Veronica.

Era sulla soglia della nostra camera, la stessa in cui avevamo dormito la volta prima... e la stessa in cui lei aveva premuto il pulsante antipanico che aveva segnalato ad Andre la presenza degli intrusi, ma cercai di scacciare quei pensieri ("occhi scuri cappucci scuri mazze da baseball") dalla mia mente il più in fretta possibile.

Battei le palpebre ("occhi verdi Black Hood"); quando riaprii gli occhi, mi sentii al sicuro. Vedevo di nuovo Veronica, con addosso dei pantaloni in lana con il cordino, con una vestaglia e una maglietta di seta abbinate. Persino i suoi vestiti da casa erano raffinati. Portava anche gli adorabili occhialoni da lettura che di solito metteva solo in casa; i suoi occhi mi scrutavano attraverso le lenti, scuri e determinati. I capelli erano ancora umidi e le lasciavano chiazze bagnate sulle spalline della vestaglia.

«Stai bene, vero?» Sembrava molto preoccupata.

«Certo!» Volevo sembrare sicuro di me, ma esagerai un po', parlai troppo forte, considerando che doveva sentirmi solo lei, a pochi passi. Abbassai la voce e mi avvicinai. «Sto bene» ripetei. Non so quanto mi credesse, ma lasciò perdere la questione. Si alzò sulle punte e mi diede un bacio.

«Quindi ci raggiungi di sotto tra qualche minuto per uno spuntino?»

Annuii. «Sì. Voglio solo mettere via alcune cose.»

Veronica scese in cantina e io andai a sistemare lo spazzolino e gli altri prodotti nel bagno. Non c'era molto da mettere a posto, in realtà, dato che avevamo tutti fatto i bagagli di corsa, prendendo solo quello che ci serviva per una notte sola.

Comunque non avevamo più di *una* notte per risolvere la situazione. Ora o mai più, letteralmente. L'occasione decisiva in cui mi giocavo il futuro.

Uscendo dal bagno, afferrai il maglione che avevo lanciato sul letto. L'avevo buttato lì prima di entrare nella doccia, e me lo rimisi. Fu solo quando mi fui vestito che mi resi conto che i cuscini dal mio lato del letto erano un po' spostati. Niente di particolarmente evidente, non me ne sarei accorto se non fossi stato lì a fissare il letto, in trance. Ma visto che nelle case dei Lodge era sempre tutto perfetto e ordinatissimo, a quella vista rimasi impietrito.

Mi venne un brivido. Era una cosa da film, la sensazione improvvisa che mi stessero spiando, o che stesse per succedere qualcosa di importante, che avrebbe avuto un grosso rilievo sul seguito. Una volta avevo visto un documentario su una persona che soffriva di disturbi dissociativi; mi sentivo proprio come aveva raccontato lui nel film, come se non fossi stato lì, come se all'improvviso mi fossi staccato dal mio corpo e stessi fluttuando al di sopra della scena, se la stessi osservando da molto lontano.

Mi costrinsi a stringere il pugno, ricordandomi che potevo farlo, che avevo un corpo in carne e ossa, e toccai il cuscino.

Era caldo.

"Non significa niente" mi dissi. "E se Veronica fosse stata seduta o sdraiata qui, solo per un minuto? Sarebbe caldo, no? Non sarebbe strano."

Lo sollevai, ma il cuscino non aveva il profumo della roba per capelli che usa Veronica, o di quella crema che mi ricorda il gelato alla vaniglia. Odorava solo di bucato.

Poi guardai di nuovo il letto.

Mi ci volle un attimo per identificare quello che vidi.

Era un messaggio.

Sul letto, nel punto dov'era stato il cuscino, c'era un biglietto. Un pezzo di carta bianca semplice, con i margini sfilacciati, come se fosse stato strappato da un foglio più grande. La scritta era in stampatello maiuscolo nero.

Il messaggio mi fece rivoltare lo stomaco.

"SO COS'HAI FATTO."

E basta. Diceva solo quello, in lettere grosse, con una grafia marcata. Nessuna firma, neanche un'iniziale. Non che me l'aspettassi.

Ero teso come una corda di violino. Il mio primo istinto fu di correre alla finestra e controllare che fossimo tutti al sicuro ("al sicuro...", come se ormai significasse ancora qualcosa nel nostro mondo). Corsi a verificare, scostando rapidamente le tende.

Niente. Là fuori non c'era niente se non il rumore del vento e dei grilli. D'altra parte, però, erano gli stessi rumori che avevamo sentito quella notte.

La prima notte passata lì. La notte in cui era iniziato tutto. La notte in cui ci avevano attaccati.

Anche allora c'era il silenzio più assoluto... e un attimo dopo non più. Nell'istante in cui sentimmo lo schianto, ci vennero i capelli dritti per lo spavento e tutto cambiò all'improvviso.

Chi l'aveva scritto? Che l'avesse lasciato Hiram per farcelo trovare? No, non aveva senso; i nostri genitori non sapevano neanche che eravamo lì. Che qualcuno ci avesse seguiti fino alla baita? Magari la stessa persona che aveva piazzato gli uccelli?

Era una scena tipo quelle dei film horror di Jughead: "So cos'hai fatto". Ma stava succedendo a noi, nella vita reale.

Mi sentii travolgere dalla vergogna. Era solo colpa mia se i miei amici si trovavano qui. E se li avessi rispediti dritti dritti in una situazione pericolosa, accettando di venire lì?

Piegai e riaprii il biglietto che avevo in mano. Non era un'allucinazione, per quanto ci sperassi.

"So cos'hai fatto."

Ma io *non* avevo ucciso Cassidy; non ero stato io. L'avevo inseguito nel bosco, quello sì. E quando, mentre ero chino su di lui, avevo visto Andre, l'avevo guardato dritto negli occhi. Non sapevo esattamente cos'avesse intenzione di fare, ma non potevo neanche dichiarare di essere *completamente* innocente. Da qualche parte avevo comunque una vaga percezione di quello che sarebbe successo. Ma non avevo detto nulla e non ero intervenuto, né ero rimasto ad assistere. Avevo guardato Andre, poi mi ero girato e me n'ero andato.

E *poi* avevo sentito gli spari.

Avevo fatto un sacco di cose da quando avevo conosciuto Hiram Lodge. Fondato il Cerchio Rosso. Dichiarato di aver ucciso Papà Poutine per conto del signor Lodge. Minacciato Sweet Pea con una pistola, anche se (probabilmente) non l'avrei mai usata. Tutti fatti reali che secondo mia madre probabilmente sarebbero emersi nell'arringa finale dell'accusa.

"So cos'hai fatto."

Il fatto era che quel messaggio poteva riferirsi a un sacco di cose.

Forse non avevo ucciso Cassidy, ma avevo fatto un bel po' di roba.

E qualcuno là fuori lo sapeva.

Qualcuno là fuori ci stava spiando. E sapeva che, anche se non ero colpevole, non ero neppure totalmente innocente.

Quando arrivai al piano di sotto, Betty, Jughead e Veronica erano seduti a un'estremità dell'enorme tavolo da pranzo. C'era un vassoio con pane e affettati e Jug stava impilando su una sola fetta di pane bianco una quantità di tacchino che sarebbe bastata per sei sandwich.

«Archie!» A Veronica si illuminarono gli occhi. Mi porse un calice di vino; quando lo presi, lo sfiorò con il suo per brindare.

«Ciao, ragazzi.» Il biglietto che avevo trovato in camera mi bruciava nella tasca, ma non ne parlai. Non ero ancora pronto a farlo.

«Accomodati.» Veronica indicò il tavolo apparecchiato. Oltre alle cose per i panini, c'erano una terrina enorme di frutta già tagliata e un'altra ancora più grande di patatine. Erano state aperte diverse lattine di bibite, oltre ai quattro calici pieni di vino, e poi c'erano delle bottiglie d'acqua e una caraffa di caffè semivuota. E di fianco al piatto di Jughead c'era una confezione di M&M's alle arachidi quasi più grande di lui.

«Cioccolato e Coca-Cola» disse Jug, accorgendosi che avevo notato le sue provviste. «E un po' di caffè nero per completare l'opera. Una piccola scorta di zucchero e caffeina per farci superare l'ora delle streghe.»

«Altro che *piccola* scorta, Juggie» scherzò Betty. Però mi accorsi che lei beveva più volentieri la sua bibita che il vino.

«Serviti pure, Archie» disse Veronica. «Adesso mangiamo qualcosa, poi ripassiamo quello che sappiamo. Poi elaboreremo una strategia. Abbiamo tacchino, prosciutto, pollo, praticamente tutti i formaggi disponibili già tagliati, e la cara vecchia combinazione di marmellata e burro di arachidi.»

«E poi questi fantastici biscotti di avena che erano nella dispensa. Sono di una qualche pasticceria chic di New York.» Betty sollevò una confezione di cellofan chiusa da un adesivo con un logo che riconoscevo vagamente. Non pensavo di avere fame, ma quando diedi un'occhiata al tavolo, lo stomaco mi brontolò. Ficcai di tutto nel piatto, aggiungendoci poi un bel po' di patatine e cioccolato (Jug aveva decisamente ragione), e mi sedetti ad abbuffarmi.

«Allora» disse Veronica, sistemandosi gli occhiali sul naso. «Ricapitoliamo. Che informazioni abbiamo?»

"Diglielo" pensai, e dovetti trattenermi a forza per non tirare fuori il biglietto. L'avrei fatto, dovevo farlo... ma non ero ancora pronto. E poi... si trattava *davvero* di un'informazione utile? Un biglietto che poteva essere stato lasciato da chiunque, a qualsiasi ora? Come poteva esserci utile? Non ci avrebbe portato solo ulteriore stress?

Tenerlo nascosto non era comunque giusto, lo sapevo. Ma immagino di... aver avuto bisogno di più tempo.

«Uhm, non molto, a parte i corvi morti» rispose Jughead. «E poi quei due gemelli inquietanti dell'emporio.» Prese un sorso di bibita. «In altre parole, il kit base dei film slasher.»

«Non ci aiuta» commentò Betty.

«Non sono d'accordo» ribatté Jughead. «Ci aiuta moltissimo. Se siamo i personaggi di un film horror, almeno ci sono linee guida e stereotipi a cui possiamo fare riferimento.»

Veronica alzò un sopracciglio. «Tipo?»

«Nessuno di voi ha visto *Scream*?» Jughead ci guardò delusissimo.

Betty alzò la mano orgogliosa. Jughead la guardò.

«Lo so che *tu* l'hai visto, Betty, l'abbiamo guardato insieme lo scorso Halloween. Quindi conosci le regole e perciò hai le probabilità più alte di sopravvivere.»

«Illumina anche noi, Jughead» intervenne Veronica.

«Okay, ecco quello che dicono nel film. Se vuoi sopravvivere in un horror, numero uno: niente sesso. È la classica dicotomia vergine-prostituta. Se fai sesso in un film horror, morirai poco dopo.»

«Che idea… curiosamente puritana.» Veronica sembrava quasi divertita.

«Mai bere o drogarsi» continuò Jug, contando le regole sulle dita.

«Credo che quella l'abbiamo infranta tutti. È troppo tardi per passare all'acqua?» dissi, fissando il calice di vino che avevo in mano. Voleva essere una battuta, ma non faceva ridere.

«È *decisamente* troppo tardi, Archie» confermò Jughead. «Ultimo, ma non per importanza, se vuoi sopravvivere nel film, non devi mai, mai dire "Torno subito". È come una formula magica. Il bacio della morte. Se lo dici, è garantito che non tornerai mai più, in qualsiasi caso.»

«Ooh» disse Veronica, che ora ridacchiava fra sé e sé. «Credo di aver violato le regole io stessa. Quando sono scesa in cantina, ho detto ad Archie di raggiungerci qui a tavola e ho specificato che sarei tornata subito.»

Scherzava, ovviamente, ma le sue parole mi fecero venire i brividi. "I tuoi amici sono in pericolo, Archie. E tutto per colpa tua." Magari non sarebbe stato un pericolo da film horror, come quelli che stava descrivendo Jughead, ma le conseguenze sostanzialmente erano le stesse.

Volevo prendere la parola e raccontare finalmente del biglietto. Invece non feci altro che aggredire Jughead. «Questa è la vita vera, Jug. Non un film horror. Su. Torniamo alla realtà.» "So cos'hai fatto." Era la vita vera, e anche un film horror. E non riuscivo a tirar fuori la verità.

Se anche Jughead notò il mio tono teso, non lo diede a vedere. Continuò a parlare con nonchalance, nonostante l'argomento. «Dici sul serio, Arch? Davvero non hai notato che la nostra vita in sostanza è un film horror? Jason Blossom, Black Hood… Ci manca un'apocalisse zombie per arrivare alla saga de *La casa*.»

«Okay, a parte il fatto che ovviamente hai dimenticato di mettere via le decorazioni di Halloween dell'anno scorso, Jug, esattamente come ce la caveremmo se questa fosse una versione meta-cinematografica della nostra vita, in stile *Scream*?»

Veronica prese un sorso di vino, per nulla turbata da quella conversazione. Era l'unica a non esserlo.

«Vuoi saperlo sul serio?»

Veronica annuì e Jughead partì con la spiegazione. «Be', mi dispiace dirvelo, ragazzi, ma voi due» indicò prima Ronnie e poi me con un coltello da burro «sareste i primi a essere fatti fuori. La stronza fighissima superpopolare e il suo fidanzato atleta arrapato sono i primi che la gente vuole vedere morire.»

Veronica accolse quegli stereotipi con una smorfia e Betty intervenne subito: «Non noi, però».

«No, non *noi*» concordò Jug. «Noi non vogliamo che vi facciano fuori. Ma la nostra opinione non conta se siamo nello stesso film. Siamo bersagli proprio come voi. E poi io sarei la vittima successiva in ogni caso. La spalla solitaria che snocciola battute sarcastiche... sì, è come se girassi con un bersaglio sulla schiena.»

«Quindi saremmo tutti fregati» commentò Veronica.

«Tutti tranne Betty» la corresse Jug. «È la nostra *Final Girl*. La nostra Sidney, la nostra Nancy, la nostra Laurie Strode. È persino bionda, cosa comune per questo personaggio, di recente rivisitato in "Buffy l'Ammazzavampiri", la *Final Girl* per eccellenza. Lei ha addirittura dei poteri mistici che l'aiutano a sconfiggere le forze dell'oscurità.»

«Magari» rifletté Betty. Aveva la mano in tasca e sembrava che stesse armeggiando con qualcosa... il cellulare? Forse.

«Oh, sicuro» disse Jug. «Probabilmente io verrei ucciso mentre cerco di salvarti. Coraggioso, ma destinato a morire. Questo scatenerebbe la tua furia e ti porterebbe proprio allo stato mentale necessario per far fuori il mostro una volta per tutte. Patiresti le pene dell'inferno, ma ne usciresti vincitrice. E potresti anche farlo in camicia da notte, come Ripley.»

«Vincitrice. Mi piace. Solo che il mostro ritorna sempre» commentò Betty, fissando il vuoto.

Per un attimo nessuno parlò. La disamina scherzosa di Jughead ci era un po' troppo familiare. Io restavo della mia idea: non avevamo bisogno di paragonare la nostra situazione a un film horror, perché era già abbastanza orribile. Ancora più di quanto immaginassero gli altri, grazie alla mia vigliaccheria.

Nessuno però voleva sottolineare quanto fossimo spaventati e preoccupati, quindi evitavamo di guardarci negli occhi. Guardavamo ovunque tranne che nella direzione degli altri, aspettando che quello strano imbarazzo passasse.

Poi un tuono scosse la casa fino alle fondamenta.

Gridammo tutti.

JOSIE

Dovetti rifiutare la proposta di Val di farci un tatuaggio. Provai a dare la colpa al fatto che a mia madre sarebbe venuto un infarto multiplo se l'avessi fatto e lei se ne fosse accorta, ma in realtà ero felice di avere una scusa per evitarlo.

«C'è differenza» le dissi «tra una scritta temporanea sul muro di una bettola e un disegno permanente sul proprio corpo.»

Percorrevamo Main Street per tornare verso Riverdale. «E poi non ci serve un tatuaggio per dimostrare a tutti che siamo agguerrite. Lo saprebbero comunque, anche se non avessimo fatto i graffiti sul covo delle Venom.»

«Però sono contenta che li abbiamo fatti» disse Val. «È stato divertente.»

«Sì, *davvero*» risposi, felice che fossimo tutte d'accordo. «E poi era necessario. Dobbiamo proteggere il nostro territorio. Non possiamo permettere a nessuno di invaderlo.»

«A proposito...» Stavamo rallentando per fermarci al semaforo rosso quando notai qualcosa... la decapottabile d'argento nella corsia di fianco. «Mantle?» "Ignora gli incessanti messaggi del diavolo e lui comparirà di persona..."

Gli si illuminarono gli occhi quando mi vide. Sul sedile del passeggero c'era un altro Bulldog, uno che non conoscevo... oh, non ci si può mica aspettare che stia dietro a tutti i miei fan adoranti. «Josie, come facevi a sapere che pensavo proprio a te?»

«Mantle, siamo seri: tu pensi sempre a me.» Era un semplice umano, del resto.

Non lo negò. «Credi che le tue gattine possano reggere una gara con i Bulldogs?» Il suo amico ci fece un *latrato* profondo e gutturale.

Lanciai un'occhiata alle ragazze, ma non ce n'era davvero

bisogno. Sapevo cosa stavano pensando. Perché mai non dovremmo? Eravamo tutte in preda a una scarica di adrenalina e non c'era motivo di interromperla.

«Ci stiamo, Reggie» dissi. «Stasera le Pussycats graffiano.»

«Adoro le sfide» rispose Reggie. «Peccato solo che sarà un gioco da ragazzi.»

«Vedremo.»

Il semaforo diventò verde.

Feci rombare il motore.

Partimmo in volata.

19

JOSIE

Sfrecciammo su Main Street facendo stridere le gomme, testa a testa. Non osavo staccare lo sguardo dalla strada, ma vedevo Mantle con la coda dell'occhio. Era curvo sul volante, lo stringeva forte e aveva la mandibola tesissima. Stava decisamente facendo di tutto per vincere. Peccato che avesse tirato fuori gli artigli con le gattine sbagliate.

L'odore di pneumatici bruciati riempì l'aria e le ragazze strillarono per la gioia. Continuammo a urlare mentre io premevo l'acceleratore a tavoletta, passando appena davanti a Reggie. Solo di pochi centimetri (oh, ecco l'ufficio del sindaco nello specchietto retrovisore), ma era abbastanza.

«MERDA!» gridò Val. Si era alzata e sporta dalla portiera, con gli occhi sui Bulldogs.

«Che c'è?» Frenai più dolcemente che potei. Nello specchietto vidi che Reggie aveva frenato così forte che il retro della macchina era sbandato nella corsia opposta. Sentii i ragazzi imprecare forte. Mentre si raddrizzavano, vidi una sagoma che superava la loro auto, attraversando incurante del traffico (che poi eravamo noi).

«Dilton Doiley?» Melody sembrava sorpresa. «Perché diavolo si mette a vagare su Main Street nel bel mezzo della notte?»

«Non lo so, ma sarà meglio che torni indietro dalla realtà alternativa in cui crede di essere, altrimenti ci resta secco» risposi io.

«Forse dobbiamo prenderlo come un segno? Che sia ora di

andare a casa?» Melody sospirò. «Proprio quando la serata si faceva interessante.»

Con il motore acceso, guardai Reggie balzare fuori dalla macchina e controllare come stava Dilton. Qualunque fosse il motivo per cui girava per le strade di Riverdale a quell'ora tarda (che già era una mossa coraggiosa di per sé, devo riconoscerglielo), non erano affari miei, e lui stava evidentemente bene. Diedi due rapidi colpi di clacson e salutai Reggie con la mano. Lui alzò gli occhi e ricambiò il saluto.

«Okay, gattine» dissi, soffocando uno sbadiglio. «È stata una nottata intensa. Andiamo a nanna?»

Cheryl:

Cara cugina, nn vorrei mai disturbarti durante 1 degli ultimi sabati sera estivi, ma T è fuori d sé x i msg criptici ke ha ricevuto da Sweet Pea.

Cheryl:

1 raffica d commenti minacciosi e poi silenzio assoluto. Ha paura ke si tratti d qualcosa d grosso… il ke naturalmente mi fa pensare ai Lodge. L'unica cosa più grossa a Riverdale sarebbero il MIO paparino o il tuo, ma quelle nn sono opzioni contemplate al momento.

Cheryl:

Nn so se c sia qualcosa in ballo, ma stai in guardia, e di' al tuo fidanzato d rispondere a qualsiasi chiamata dai suoi fratelli rettili.

***

Josie:

Lo so ke ho detto ke forse potevamo vederci, ma io e le gattine abbiamo quasi investito Dilton Doiley su Main Street. Nn so dove andasse da solo a quest'ora, ma ha rischiato di NN arrivarci. Io e le ragazze andiamo a casa. C vediamo domani nel backstage dopo il concerto delle Venom?

Sweet Pea:

Ok, a domani.

Sweet Pea:

Aspetta, hai visto Dilton su Main Street? In giro da solo?

Josie:

Sì, xké?

Sweet Pea:

Niente. È sl… strano. Ma sta bene?

Josie:

Decisamente stranissimo, ma sì, sta bene. Ora vado, ho bisogno d 1 bel sonno ristoratore. C sentiamo

Sweet Pea:

Ok

***

Sweet Pea:

Pare ke PP abbia trovato quello d cui aveva bisogno.

FP:

E non è nemmeno dovuta passare da noi.

Sweet Pea:

Nn direttamente, almeno.

FP:

Tieni il segreto e basta. Se il lavoro è stato fatto, i Serpents non hanno nulla di cui preoccuparsi.

Sweet Pea:

Lo so, ma cosa "è stato fatto" esattamente?

FP:

Meglio se non lo sappiamo, figliolo. Non fare domande di cui non vuoi conoscere la risposta.

BETTY

Caro diario,

la Final Girl... ero davvero io?

Stando alla storia di Black Hood, certo. Il nome mi calzava a pennello. Ero legata all'assassino, ero stata in contatto con lui per tutto il tempo, persino quando cercava di ostacolarmi e intanto mieteva vittime nella mia vita, nel mio mondo. Persone a cui volevo bene. E alla fine si era scoper-

to che Black Hood era qualcuno di ancora più vicino a me di quanto potessi mai immaginare.

Decisamente roba da film horror.

Il telefono mi vibrò in tasca, mandandomi piccole onde in tutto il corpo. Ascoltai Jughead che elencava le "regole" dei film horror. Mi fecero accapponare la pelle. Quella lista scherzosa mi era un po' troppo familiare.

Se avessi tirato fuori il telefono dalla tasca, avrei visto altre chiamate da un NUMERO SCONOSCIUTO nel registro? O qualcosa di "innocente", tipo l'ennesimo messaggio di mia sorella o di mia madre, che mi pregavano di tornare a casa e unirmi a loro per un tè con il capo della setta della porta accanto?

Io ero la Final Girl. La Final Girl per eccellenza. Altrimenti non si spiegavano gli eventi che si verificavano regolarmente nella mia vita.

Non volevo necessariamente essere *normale*: non mi sentivo mai così viva, mai così me stessa come quando io e Jug indagavamo su un caso, ma doveva proprio essere sempre una questione di vita o di morte, in senso letterale? Non c'era qualche mistero potenzialmente non fatale da svelare?

Ero io, per forza. Ero il denominatore comune. E quindi in qualche mondo ero la causa dell'oscurità che riusciva sempre a trovare me, la mia vita e i miei amici. Praticamente la attiravo come una calamita.

«Terra chiama Betty...» Lo sentii, ma era come se la voce venisse da sott'acqua o da molto lontano. Era Archie che mi chiamava, ma non riuscivo a trovare l'energia per rispondere.

Un tuono rimbombò così forte da far sobbalzare tutti i piatti sul tavolo e da riportarmi di scatto alla realtà.

Urlammo tutti. Le luci sfarfallarono. Quando si riaccesero, basse e attenuate per la notte, ma comunque luminose, mi sentii arrossire per l'imbarazzo. Capii che anche i miei amici si sentivano ugualmente sciocchi.

«È stato... tonificante» commentò Jughead. «Un temporale. Proprio quello di cui avevamo bisogno, qui in mezzo ai boschi, per completare lo stereotipo. Possiamo spaziare da *Quella casa nel bosco* a *Fog*. C'è un motivo per cui i film di Carpenter sono considerati dei classici.»

«Okay, smettiamo di dare corda a questa improvvisa "notte buia e tempestosa", che sia dovuta a una sfiga pazzesca o all'intervento divino» disse Veronica. Prese un sorso di vino... ma un sorso piccolo, notai. E con l'altra mano stava prendendo la tazzina di caffè espresso al suo fianco. Ovviamente non riusciva a decidere quale umore assecondare. Non le davo torto. «Cosa sappiamo? A che punto eravamo rimasti, prima di scendere in questa tana del Bianconiglio meta-horror?»

«Ho... una cosa da mostrarvi.» Archie sembrava molto incerto. Lo fissammo tutti. Tirò fuori qualcosa dalla tasca... un foglietto ripiegato.

«Un messaggio, Arch? Da chi?» chiesi. Mi sentii formicolare la nuca. Non aspettavamo notizie da nessuno. Ripensai alle inquietanti lettere tipo richiesta di riscatto che ricevevo da Black Hood.

Mio padre.

Archie alzò le spalle, arrossendo. «Non lo so. Non... non un amico, credo.» Aprì il foglietto e ce lo lesse. «"So cos'hai fatto". È scritto in lettere grandi, a mano... ma non riconosco la calligrafia.» Gli feci cenno di allungarmelo e lui con riluttanza lo fece girare per il tavolo.

«Oh» disse Jughead, con una vocina più bassa del solito. «Un altro film. *So cos'hai fatto.*» Cercò di scherzarci su. «Il sequel era orribile.»

«Ma che...» Mi interruppi nel metabolizzare i dettagli: le linee nette, la carta spiegazzata. I margini sfilacciati. Sentii un fremito alla coscia, come se il telefono stesse vibrando di nuovo, ma quando feci per prenderlo, era ancora in tasca. Mi si chiuse la gola. «Ragazzi, che succede?»

«Era sotto il mio cuscino. Di sopra» spiegò Archie. «Non ho idea di chi ce l'abbia messo. Non c'erano altri indizi. Cioè, forse gli uccelli sono un indizio. E se le due cose fossero collegate?»

A me veniva in mente almeno un altro indizio: la maledetta suoneria *Lollipop*, mentre ero in bagno. Tirai fuori il telefono e guardai di nuovo l'elenco delle chiamate ricevute.

Vuoto. Nessun numero sconosciuto.

Era un indizio? Che le pillole mi stessero confondendo le idee? O forse ero proprio fuori di testa io?

Non potevo parlarne con gli altri.

Per fortuna non dovetti dire nulla. Veronica prese la parola. «Non è l'unico indizio» disse cupa. «O almeno non credo. Mentre ero giù nella cantina dei vini, ho controllato le telecamere di sicurezza. Vi ricordate che avevo in mente di farlo quando siamo arrivati? Prima...» Ebbe un tremito. «Prima di trovare il cestino di benvenuto lasciato da qualche abitante pazzoide?»

«Non è un'immagine che dimenticheremo facilmente.» Jug parlò a nome di tutti.

Veronica prese fiato. «Be', sono andata nella stanza di sicurezza, dove vengono salvate le riprese delle telecamere. Pensavo che forse avrei potuto trovare, non so, qualche video che non era stato notato o *qualcosa* della notte in cui... be', *di quella notte.*» Sospirò. «Ovviamente non c'era nulla. Papà non sarebbe mai così incauto da lasciare in giro una prova così schiacciante. Ma ho visto qualcos'altro.»

«Che cosa?» chiesi io, anche se non ero sicurissima di volerlo sapere.

«Una delle telecamere era spenta.»

«Fammi indovinare: quella che inquadra la porta principale» intervenne Jug, incrociando le braccia sul petto.

«Quella che ci avrebbe svelato chi ci ha lasciato gli uccelli» mormorai. Adesso non era solo la mia gamba a sentire la vibrazione fantasma, ma tutto il mio corpo.

«Qualcuno l'ha sabotata.» Archie sottolineò una cosa ovvia, con gli occhi sgranati. «Qualcuno ha spento la telecamera per poterci piazzare quegli uccelli, come messaggio. Forse... anzi, probabilmente è stata la stessa persona che mi ha lasciato questo biglietto.»

«Il che vuole dire che qualcuno ci sta spiando, senza dubbio.» Presi un sorso di bibita. Era tiepida e fin troppo dolce, ma mi costrinsi a mandarla giù.

«E che quel qualcuno potrebbe essere *ancora dentro casa*» bisbigliò Jughead, con uno sguardo un po' allucinato.

«Okay, la situazione è diventata più critica circa del quaranta per cento» valutò Veronica. «Ed era già abbastanza pericolosa prima. E quindi adesso cosa facciamo?»

Per tutta risposta, ci fu un altro tuono fortissimo che stavolta fece oscillare il lampadario sopra di noi. Gridammo tutti di nuovo, ma senza più imbarazzo.

Stavolta ci sembrava di averne tutto il diritto.

Di fianco a me, Jughead mi afferrò la mano.

Il lampadario ondeggiò di nuovo, ancora più minaccioso. La porta della veranda si spalancò di colpo, sbattendo contro gli stipiti. Una pioggia torrenziale prese a cadere attraverso la soglia a ondate intense e inesorabili.

«Dobbiamo chiuderla» disse Veronica, urlando per farsi sentire sopra il frastuono del temporale.

Fu allora che saltò la corrente.

Le luci sfarfallarono e io lanciai un grido profondo, ormai ben oltre l'imbarazzo: pensavo soltanto alla sopravvivenza, e non fui certo l'unica.

Non riuscivo a vedere i volti dei miei amici nel buio totale, ma ci prendemmo tutti per mano, riuscendo in qualche modo a trovarci nell'oscurità più assoluta.

Intorno a noi il temporale rimbombava e ululava.

Parte III

TERRORE NEL BUIO

20

JUGHEAD

Mi veniva in mente solo un'altra occasione in cui mi ero trovato in un buio così totale.

No, non parlo di quando saltava la corrente al campo roulotte, anche se quello capitava con una regolarità allarmante.

Mi riferisco alla volta in cui Dilton Doiley mi ha trascinato nelle grotte oltre la Fox Forest per un campeggio a metà tra *Io sono leggenda* e *Survivorman*, sostenendo che stesse per arrivare la Fine del Mondo.

Era una prova, mi disse. Stava affinando le sue capacità.

Ero andato a parlare con lui dopo una presentazione per il corso di spagnolo in cui era completamente partito per la tangente. Davanti a tutta la classe, Dilton aveva spiegato della cometa di Baley e dell'imminente luna di sangue… entrambi prodigi dell'apocalisse, aveva detto. Sembrava che fosse davvero convinto di quella roba e mi dispiaceva per lui. E poi tutto questo era successo poco dopo che mia madre aveva caricato in macchina Jellybean e se n'era andata a Toledo. Soffrivo molto ed ero più empatico del solito.

Reggie e i suoi amici prendevano in giro Dilton senza pietà dopo le lezioni, e io provavo compassione per lui anche per quello. Sapevo bene cosa voleva dire essere il perenne bersaglio dei loro scherzi. E poi un altro elemento aveva giocato a favore di Dilton: Betty, che ancora non era metà della coppia #Bughead, ma comunque aveva più potere su di me di quanto probabilmente avrei ammesso, mi aveva detto che era preoccupata per la salute mentale del nostro compagno.

Difficile darle torto.

«Va bene» le avevo detto. «Mi farà comodo un ripasso di tecniche di sopravvivenza. È già passato un mese da quando ho visto *The Colony*.»

Trovai Dilton davanti al suo armadietto; stava blaterando qualcosa sul fuoco eterno a Ethel Muggs, che pareva assolutamente terrorizzata. Sentii le parole *rifugio* e *antiatomico* e la vidi girare i tacchi e scappare di corsa. Non aveva tutti i torti.

Dissi a Dilton che gli credevo a proposito della cometa e dell'altra roba, del pericolo intorno a noi. Non era poi così lontano dalla verità. Jason Blossom era morto, io e Archie praticamente non ci parlavamo più e la mia famiglia si stava disgregando. Se quella *non* era la Fine dei Giorni, allora non sapevo cosa diavolo potesse essere.

«Ho un posto dove possiamo andare» promise Dilton. «È piccolo, ma anche sicuro. Saremo solo io e te. Porta solo le cose senza cui non puoi vivere. E non dirlo a *nessuno*.»

Probabilmente non era quello che aveva in mente lui, ma io portai la mia amata collezione di libri di Ginsberg. Solo i miei preferiti in assoluto: avevo giurato a Dilton che avrei portato cose poco ingombranti. Erano tascabili! (Lui non ne fu colpito.)

«Credi davvero che questa sia la fine, eh?» chiesi. Ci eravamo piazzati su un giaciglio logoro in fondo alla grotta e io cominciavo a sudare. «E comunque dov'è tua mamma?» Pensai a mio padre, di sicuro curvo sul tavolo da biliardo al Whyte Wyrm, che certo non pensava all'apocalisse in arrivo, e probabilmente neanche a me, nemmeno per un secondo, e il cuore accelerò il battito.

«È fuori città» tagliò corto Dilton. «È spesso fuori città.»

Fino a quel momento l'unica cosa che mi aveva detto Dilton era che suo padre gli aveva insegnato a prepararsi per una missione del genere prima di morire, quando lui era bambino. «È solo una prova» spiegò Dilton. «Un giorno farò qualcosa di meglio.» Fissò una tela cerata dall'imbocco della grotta fino a terra e all'improvviso mi sentii... in gabbia.

Strizzai gli occhi. «Sembra... sicuro.» Non faceva troppo caldo lì dentro? E... forse non ero un esperto di legami tra padri e figli, ma quella non era una tipica attività da famiglie, no?

Controllai il telefono per mandare un messaggio a Betty e mi accorsi che non c'era campo. «Siamo troppo in profondità» spiegò Dilton.

Mi feci prendere dal panico. Corsi verso l'imbocco della grotta e lui mi si fiondò addosso.

Ci azzuffammo. Alla fine riuscii a scrollarmelo di dosso e a scappare, ma solo dopo che lui aveva spento tutte le lanterne, facendoci sprofondare in un'oscurità più profonda della morte. In seguito mi resi conto che aveva gli occhiali a infrarossi, quindi per lui il buio non era un problema. A me parve di essere sepolto vivo.

Corsi fuori, gridando a Dilton qualche mezza parola di scusa per la mia fuga, senza voltarmi.

Non ho mai raccontato a nessuno di quella sera nella grotta. Dilton aveva detto che era una prova e mi vennero i brividi a pensare a come doveva essere la versione definitiva, ma alla fine mi sentivo già abbastanza male per aver infranto una promessa che in fondo non avrei voluto fare. Se non potevo mantenere la promessa a Dilton, potevo almeno cercare di mantenere la parola data.

Fino a quel momento, l'oscurità della grotta era la più primordiale e terrificante che avessi mai sperimentato.

Adesso però con la pioggia scrosciante sembrava che cadessero pietre sulla veranda davanti, che era quanto di più apocalittico potessi immaginare. Betty, di fianco a me, mi strinse la mano così forte da farmi venire i lividi e lanciò un grido raggelante in grado di far impallidire qualsiasi Scream Queen. Urlammo anche noi.

Armeggiai con il cellulare finché non riuscii ad accendere la torcia. Tutti quanti avevano gli occhi sgranati e il respiro accelerato. La forza del vento del temporale ci sbatteva i capelli in faccia.

Dovevo dire agli altri della corona che avevamo visto io e Veronica, e anche di quello che avevo visto *io* subito dopo che lei era uscita. Era una prova anche quella, probabilmente un indizio. Due cose di cui avevamo estremamente bisogno.

Ma prima che potessi aprire bocca, un altro cellulare si accese, illuminando il viso scuro di Veronica. Sembrava furiosa, determinata. «Non lascerò che *niente* mi guasti la cosiddetta festa» annunciò. «Un blackout? Non importa. Una donna non smette mai di essere operativa.» Si alzò.

«Dove... dove vai?» chiese Betty, che sembrava quasi al limite. Ero restio ad ammetterlo, ma mi faceva davvero preoccupare.

«Potrebbero servirci delle torce, e io devo assolutamente controllare il generatore» spiegò Veronica. «Funziona, lo so, perciò devo avviarlo.»

«Vuoi tornare di sotto?» Archie sembrava molto poco felice di quell'idea.

«Nel seminterrato» confermò lei. Inclinò la testa verso di lui. «Non guardarmi così, Archie. È tutto a posto. Devo solo controllare cosa sta succedendo là sotto. Ti assicuro...»

«Non dirlo» le intimò Betty, senza una traccia di ironia.

«Ti assicuro» insistette Veronica «che *torno subito.*»

21

VERONICA

"Torno subito."

Di solito non credo alle superstizioni, ma perché avevo pronunciato proprio quelle parole? Non riuscii a non pentirmi di quella scelta mentre scendevo nel seminterrato... con cautela, appiccicata al muro come se mi aspettassi che un fantasma o qualche altra brutta sorpresa balzasse fuori all'improvviso.

"Un piede. Poi l'altro."

Sinistro. Destro."

Cercai di sincronizzare il respiro con i passi. Dovevo arrivare giù e attivare il generatore *in fretta*, perché eravamo tutti nel panico, ma i miei piedi non volevano saperne di collaborare. Dal piano di sopra giunsero altre grida, ovattate e distanti. Era impossibile ignorarle del tutto, ma cercai di concentrarmi.

Giù per le scale. "Buio."

Lungo il corridoio. "Più buio."

Dentro la stanza di sicurezza. "Buissimo."

La torcia del cellulare, che mi sembrava sempre troppo potente in camera mia, di notte, adesso mi pareva insulsa e inadeguata. La feci scorrere lungo tutta la stanza, trovando finalmente il generatore.

Il led dell'accensione lampeggiava di rosso. Voleva dire che in qualche modo si era inceppato e che dovevo riavviarlo. C'era un interruttore apposito sul retro, dovevo solo capire quale fosse...

Andai verso il generatore... e inciampai. "Ovvio." Il cellulare mi cadde di mano e la stanza ripiombò nel buio, ancora più pesto di quello del piano di sopra, anche se non mi sembrava possibile.

«Merda» esclamai nel vuoto.

La mia voce rimbombò contro le pareti.

"Okay, non è un grosso problema" dissi a me stessa, cercando di farmi forza. Così come non ero incline a credere alle superstizioni, di solito non cedevo neanche alla paura... ma ogni regola aveva le sue eccezioni.

E quella notte mi sembrava eccezionale in tutti i sensi peggiori in assoluto.

Incrociai le dita sperando di riuscire a riattivare il generatore al buio, da sola. Una volta riaccese le luci, il mio telefono sarebbe tornato un minimo utile.

Passai le mani sui lati della fredda scatola di metallo, toccando senza volere griglie e spigoli appuntiti di ogni genere che forse erano fatti apposta per fulminarmi e cancellarmi dal regno dei vivi... una sensazione meravigliosa.

Fu allora che lo sentii.

Un respiro sommesso e regolare.

Come un sussurro... o meglio, un sibilo.

Mi bloccai. Trattenni il fiato nella speranza che quello che avevo sentito fosse solo il mio respiro in preda al panico.

"Shh. Shh. Shh."

No. Non ero io.

Da qualche parte, in quello spazio minuscolo, sentivo qualcun altro... o *qualcos'*altro che respirava.

Sentii una specie di scalpiccio frettoloso, tipo quello dei ratti che si trovano sempre nei vicoli dietro i ristoranti di New York, persino dietro i più eleganti.

Deglutii; quel rumore mi echeggiava nelle orecchie, il battito del cuore mi rimbombava nelle tempie. "*È solo la tua immaginazione*" cercai di convincermi, anche se non ci credevo affatto. "Non ti agitare, è solo la tua immaginazione, Ronnie, non *c'è niente quaggiù...*"

Una mano mi afferrò la gamba.

Mi misi a urlare.

22

ARCHIE

Ci provai.

Ci misi tutto il mio impegno, provai sul serio a restare tranquillo quando la luce saltò per la seconda volta. Ricordai a me stesso che i miei amici erano lì e che non dovevamo fare altro che stare calmi e collaborare, che Betty in particolare sembrava un po' tesa e io dovevo essere forte.

Ma quando la luce saltò, partirono le immagini.

Era come uno slideshow dei miei incubi, nella mia mente.

("Black Hood occhi verdi boschi bui pistola coltello crimine corvo.")

Era troppo. Era come se ogni atto di violenza, ogni momento di paura che avevo vissuto dalla morte di Jason in poi mi stesse ripiombando addosso, ricordandomi di quanto avevamo rischiato, di quanto eravamo fortunati anche solo a essere vivi… e di quanto era improbabile che lo restassimo, vista quell'infilata di tragedie.

"Il signor Blossom che sparava a Jason a sangue freddo."

"Black Hood che puntava la pistola contro mio padre."

"La notte della rivolta, quando Fangs per poco non era morto."

"La notte della rivolta, quando Jughead per poco non era morto."

Ogni immagine era un'altra botta fisica, un altro pugno allo stomaco invisibile che dovevo incassare e sopportare.

Finché all'improvviso non fui più in grado di sopportare niente.

«Tutto a posto?» Jug stava controllando la situazione. Udii

Betty mormorare qualche risposta molto poco convincente. Del resto non riuscivo neanche a sentirla bene, con il sangue che mi rimbombava nelle orecchie.

Era troppo, tutte quelle cose che mi vorticavano nel petto come un tornado. Mi premetti le mani sulla fronte, supplicando la tempesta di emozioni di restarsene chiusa nella mia mente, ma poi esplosi e mi misi a urlare, un grido pieno di angoscia; solo dopo un minuto mi resi conto che proveniva da me.

Betty e Jug gridarono il mio nome; li sentii, ma ormai non avevo più il controllo di me stesso. Si era attivato il pilota automatico. Continuando a gridare, a pregare le immagini di fermarsi, corsi fuori, verso il bosco. Non sapevo dove stavo andando, sapevo solo che dovevo scappare. Almeno là fuori il rombo del temporale rispecchiava quello che sentivo dentro.

Dietro di me la porta si chiuse con uno scatto secco. Mi resi vagamente conto che significava che non potevo più rientrare, ma in quel momento la cosa non mi preoccupava.

In quel momento avevo solo bisogno di correre.

23

BETTY

«Tutto a posto?» chiese Jug. Cercai di rispondere, ma il mio cervello non voleva saperne di far uscire le parole dalle labbra. Da qualche parte vicino a me, Archie stava urlando; non gliel'avevo mai sentito fare, neanche quando avevano sparato a suo padre. Sentii un tonfo, dei passi di corsa... Archie era scappato fuori.

Jughead lo chiamò, chiamò anche me, ma io non risposi. Il cuore mi batteva a mille, mi rimbombava nel petto e mi saliva in gola. Il telefono mi vibrava in tasca, dandomi i brividi; adesso sì che stava suonando, sul serio... ma quando lo tirai fuori, vidi che non prendeva.

«Merda! Non c'è campo» dissi. Dovevo vedere. Controllare di persona. E mi veniva in mente solo un modo per farlo.

Archie era corso fuori. Non sapevo perché, ma se l'avessi seguito, se mi fossi avventurata un po' più in là rispetto alla casa, magari avrei trovato più campo.

«Vado fuori, Jug» dissi, o cercai di dire, e mi misi a correre. Jughead mi prese per un braccio, ma io lo respinsi, piena di determinazione, e sgusciai fuori subito prima che la porta si chiudesse e che si attivasse il blocco automatico.

"Ti sei chiusa fuori" mi resi conto; ma mi accorsi anche che in quel momento non mi importava.

Continuai a correre, un passo dopo l'altro, con i piedi che affondavano nelle enormi, gelide pozze di fango e i lunghi rami bagnati che mi graffiavano le guance e le braccia e mi ghermivano i capelli mentre sfrecciavo nella notte.

Mi sembrava di stare correndo da secoli, le gambe mi bruciavano e la pioggia mi entrava negli occhi. Tenevo stretto il telefono, ma, anche senza guardare, in qualche modo sapevo che non c'era comunque campo e che non l'avrei comunque trovato la fuori.

Inciampai.

Non so se fosse stato un ramo, un sasso o il mio stesso panico cieco, ma scivolai e sbattei forte a terra, lasciando le impronte delle mani nel fango umido e granuloso.

E poi una mano forte afferrò la mia; qualcuno mi aiutò a rialzarmi e mi strinse forte. Mi asciugai il viso con l'avambraccio, che non servì molto a spazzare via la pioggia, alzai lo sguardo e vidi gli occhi scuri e profondi di Archie.

«Cosa stai facendo?» chiese lui, agitatissimo.

«Stavo...» Non lo sapevo, in tutta onestà. Adesso che mi teneva abbracciata, mi sembrava una follia essere corsa via sotto il temporale, nel bel mezzo di un blackout, chiudendomi fuori di casa... Adesso riuscivo solo a pensare: "Che diavolo mi è saltato in mente?".

Alle spalle di Archie vidi un capanno pericolante. Forse era per gli attrezzi da giardinaggio, per le provviste o chissà cosa. (Dubitavo che Hermione Lodge facesse molto giardinaggio negli intricati boschi che circondavano la sua casa sul lago, ma potevo sempre sbagliarmi.) Adesso mi sembrava più il set di *The Blair Witch Project*, che era l'ultima cosa a cui dovevo pensare. Per un secondo credetti di vedere una luce all'interno. Aprii la bocca per chiedere ad Archie cosa ne pensava, per indicargli il capanno, ma non ebbi modo di dire nulla.

All'improvviso mi infilarono in testa un sacco in tessuto... un cappuccio tipo quello di *Black Hood*?! Sentii Archie lottare, poi un tonfo e un suo gemito.

E poi il vuoto ebbe pietà di me.

24

JUGHEAD

"Archie e Betty." Se n'erano andati. Erano scomparsi nella notte, nel temporale, mentre io ero rimasto lì impalato, con la mente annebbiata.

Quando la porta si chiuse di colpo alle spalle di Betty, il mio primo impulso fu di correrle dietro. In quel momento però mi resi conto che la cosa migliore per trovarla era procurarmi una torcia, che si trovava al piano di sotto, dove Veronica si stava occupando del generatore. Ecco un'altra cosa di cui avevamo bisogno al più presto, se volevamo uscire vivi da lì, e magari trovare le prove che eravamo venuti a cercare, anche se quello era molto meno probabile.

Decisi sul momento, ascoltando solo l'istinto. Corsi nel seminterrato per raggiungere Veronica. Prima fossimo riusciti ad attivare il generatore e a trovare le torce, prima saremmo stati in grado di correre nel bosco a cercare Archie e Betty.

Mi fiondai verso la porta e corsi giù per le scale cercando di non scivolare. Con la coda dell'occhio, scorsi qualcosa (*o qualcuno?*) che andava verso l'uscita. Ma prima che potessi capire di cosa si trattasse, sentii la porta chiudersi alle mie spalle.

E poi sentii che si *bloccava*, come aveva fatto prima.

Il che significava che io e Veronica eravamo chiusi dentro, almeno finché non fossimo riusciti a ripristinare la corrente.

«Veronica!» gridai, agitando le braccia alla cieca e girando tutti i pomelli che trovavo.

Una porta si aprì su una stanza che pareva ampia, a giudicare dall'eco dei miei stessi movimenti, anche se era buia come tutto il resto là sotto... buia come un bunker segreto.

Ma quando ci infilai dentro la testa, sentii qualcosa. Tipo... qualcuno che piangeva?

«Veronica?»

«Jughead! Oh, grazie a Dio. È tutto bloccato. E te lo giuro, so che sembra assurdo, ma credo davvero che ci sia qualcun altro quaggiù.»

Pensai al movimento che avevo notato vicino alla porta. «Vorrei poterti rassicurare, ma non escludo che sia così. Concentriamoci su come uscire da qui. Il generatore è vicino a te?» Dall'eco del seminterrato buio non riuscivo a capire da dove venisse la voce ovattata di Veronica.

«Sì, ma mi è caduto il telefono... credo che si sia rotto, ovviamente non è un problema fondamentale, ma non è neanche d'aiuto; non vedo niente. So che sembro la classica principessina dell'Upper East Side, ma non ho idea di come riattivare il generatore.»

Mi venne da ridere, nonostante tutto. «Tranquilla, ti guido io. Anche quelli più costosi sono praticamente uguali agli altri. Ne abbiamo passati tanti al campo roulotte. Crescere nella miseria doveva per forza avere almeno un lato positivo. Sapevo che prima o poi l'avrei scoperto.»

«Be', non è che sia felice per le sfortune della tua famiglia, ma lasciami dire che in questo momento ti sono più che grata.»

Dal punto dove si trovava, dall'altra parte della stanza, Veronica descrisse le lucine lampeggianti del generatore e tutti gli spigoli e le forme che riuscì a individuare.

«Bene» dissi io, quando ebbi un'idea abbastanza chiara della situazione. «Dovrebbero esserci due interruttori, tipo quelli della luce, o quelli del quadro elettrico...» Mi interruppi. "Veronica aveva mai visto un quadro elettrico?" Principessina fino a che punto?

«Se ti stai chiedendo se ho mai riattivato un quadro elettrico, la risposta è sì. Non ti rinfaccerò di aver dubitato di me.»

"Beccato." «Okay, devi accendere gli interruttori nello stesso momento. Esattamente in contemporanea. Ce la fai?»

«Credo di poterci riuscire.» Adesso aveva un tono davvero sarcastico. Sentii dei rumori attutiti, probabilmente stava cercando gli interruttori; poi un paio di scatti da riavvio mancato.

«Okay, la mia manicure ne risentirà moltissimo, ma...» Sentii che inspirava a fondo, o forse lo percepii nei miei stessi polmoni, anche se non aveva senso…

Ci fu un *clac* sonoro, e poi sentii Veronica espirare forte; un attimo dopo, le luci si riaccesero sfarfallando, e io presi a strizzare gli occhi come una talpa o un orso appena uscito dal letargo. Mi resi lentamente conto di essere in un ufficio. Somigliava a quello di Hiram Lodge al piano di sopra… ma non era lo stesso.

Che fosse il suo *rifugio nel rifugio*? Forse finalmente l'avevo trovato?

Dall'altra parte della stanza c'era una porticina inclinata, tipo quella di uno sgabuzzino. Veronica ne uscì barcollando, ma non era troppo malconcia.

«Jughead Jones» disse. «Il mio eroe.»

25

VERONICA

Volete sapere se avrei preferito vedere il mio Archie-bello oppure la mia migliore amica in assoluto, Betty, quando uscii da quella cripta asfissiante che era la stanza di sicurezza della Loggia dei Lodge? Certo. Ma anche se io e Jughead eravamo un duo improbabile, unito più che altro dall'amore per i rispettivi partner, quando la porta si spalancò su una stanza ad altezza umana, fui comunque felicissima di vederlo.

Jughead sembrò altrettanto sollevato nel vedere me, anche se sono sicura che almeno parte del sollievo derivasse dal fatto che le luci si erano riaccese. Lo vidi studiare la stanza.

«Benvenuto nel rifugio segreto di papà» dissi sorridendo. Lui ricambiò il sorriso. «E tu che pensavi di essere stato fortunato a trovare il suo ufficio di sopra. È come te l'aspettavi?»

Lanciò un'occhiata al tappeto di pelliccia d'orso e scrollò le spalle. «Più o meno. Sono molto simili.»

«Sì. Sono tutti nello stesso stile. Ma le cose più torbide sono nascoste qui, dove ci sono casseforti anche nelle casseforti. Sicurezza al quadrato. Vicino alle telecamere e a tutti i suoi giocattoli da supercattivo.»

«Solo che... non credo che *tutti* i suoi giocattoli siano quaggiù» rispose Jughead, con un sorriso malizioso.

Mi accorsi che aveva qualcosa in mano. «E quella cos'è?»

«L'ho trovata di sopra, dopo che hai visto la corona sulla finestra» disse lui. «Non c'è scritto sopra niente, ma è una chiavetta USB. Stavo per mostrarvela prima, poi è saltata la luce. Non so cosa contenga, ma era chiusa in una cassetta di sicurezza nella sua scrivania… quindi immagino che probabilmente sia importante, anche se era al piano di sopra.»

Dovevo avere un'aria sbalordita, perché Jug mi sorrise. «Sono il ragazzo di Betty. Credi che non abbia imparato un paio di cosette su come scassinare una cassaforte?»

«Sono colpita» dissi io. «Soprattutto perché scommetto quello che vuoi che quella chiavetta stava in questa custodia.» Gliela mostrai. «E che è stata tolta apposta.»

Era una custodia di plastica, con nove alloggiamenti per nove chiavette, ma dentro ce n'erano solo otto. L'avevo trovata sul pavimento di fianco al generatore quando si erano riaccese le luci. "Che fosse caduta all'intruso?" Scacciai subito quel pensiero e continuai. «Scommetto che i numeri qui sopra corrispondono alle telecamere che sorvegliano la proprietà.»

«E che questa è la chiavetta con il video della telecamera sopra l'ingresso principale. Con i corvi… e chiunque ce li abbia messi» aggiunse Jughead.

«Credo di sì. O almeno lo spero con tutta me stessa. Andiamo dagli altri e guardiamolo.»

Jughead aggrottò le sopracciglia. «Ok. No. Cioè, sì, guardiamolo» spiegò, vedendomi confusa, «ma gli altri… Betty e Archie, sono… non so, si sono fatti prendere dal panico o roba del genere. Prima Archie è scappato fuori, poi Betty l'ha rincorso. Sono venuto quaggiù solo perché ho pensato che la cosa più utile per trovarli nel bosco fossero le torce di cui parlavi.»

Archie era andato nel panico ed era corso via? Mi sentii bruciare per la rabbia. Era stato mio padre a spingerlo a quel punto, a portarlo al terrore, al panico cieco. E adesso Archie era là fuori in mezzo al temporale (un tuono rimbombò proprio in quell'istante, come per sottolineare il mio pensiero), e forse era ferito, oltre a essere sul punto di impazzire.

"Quando è troppo, è troppo."

Afferrai due torce potenti dall'armadio. Ne passai una a Jughead. «Hai avuto un'ottima idea.»

«Veronica.» Soppesò la torcia. «Con questa potremmo mandare KO qualcuno.»

«Be', non sarò mai stata una Scout» dissi sogghignando «ma ho imparato presto quanto sia importante essere sempre pronta.»

Uscimmo nella notte.

26

ARCHIE

Mi pulsava la testa. Avevo la nausea. E anche *freddo*. Tremavo, i miei vestiti erano ancora fradici dalla corsa sotto la pioggia. Ma adesso non pioveva più.

O meglio, *pioveva*, ma fuori, non addosso a me. Sentivo la pioggia rimbalzare sul tetto, il che significava che ero al chiuso, anche se l'ultima cosa che ricordavo era che mi trovavo nel bosco, nel bel mezzo del temporale, con Betty.

E adesso dov'ero finito?

Emisi un gemito e strabuzzai gli occhi. Mi resi conto che erano coperti, forse bendati.

«Si è ripreso» disse una voce; poi sentii il calore di qualcuno che mi si avvicinava e faceva qualcosa alla benda sulla mia nuca, girandola fino a farmi pulsare un punto del cranio proprio all'attaccatura del collo.

E poi me la tolse.

«Archie!» Guardai alla mia sinistra e vidi Betty, con il viso segnato dalla terra e dalla pioggia, i capelli e i vestiti fradici, come i miei. Cercai di balzare in piedi e raggiungerla, ma mi accorsi di avere i polsi legati.

«Ma che cavolo?»

«È tutto a posto, Arch» disse lei.

«E *tu* stai bene?» La domanda era rivolta a me, perciò alzai gli occhi per vedere da chi provenisse. Era la ragazza, la gemella dell'emporio. Di fianco a lei c'era il fratello. Indossavano degli impermeabili identici, verde oliva; erano bagnati anche loro, ma non grondanti come me e Betty.

Non erano grondanti... perché ci avevano spiati, aspettando il momento giusto per trascinarci... Mi guardai intorno. Nel vecchio capanno fuori dalla Loggia dei Lodge?

Una volta doveva essere stato un rifugio da caccia. Assi nude, incurvate da anni e anni di intemperie. Lungo le pareti interne c'era una sorta di scaffalatura, forse per scuoiare le prede? Il legno di cui era fatta era scuro, chiazzato e con delle macchie sospette.

"Le prede." In quel momento eravamo io e Betty. Ebbi un brivido involontario.

«Eravate voi due!» gridai, sentendo montare la furia. «Ci avete seguiti per tutta la notte!» Il furgone. C'era davvero un furgone grigio, erano i gemelli che ci spiavano dall'inizio.

«No, Arch... ascoltali» mi implorò Betty.

«Il furgone... Betty...» protestai.

«Pensaci, Archie» disse lei. «Abbiamo visto il furgone fuori da Greendale, ma i gemelli stavano lavorando all'emporio quando siamo arrivati.» Mi lanciò un'occhiata. «Avevo i miei dubbi anch'io, *credimi*. Ma penso che stiano dicendo la verità.»

«In realtà l'abbiamo fatto» disse piano la ragazza, un po' contrita. «Seguirvi, intendo. Ma non nel furgone che avete visto, e non per i motivi che immaginate.» Fece un respiro profondo, come per prendere fiato prima di spiegare.

Fu allora che la porta si spalancò.

27

BETTY

L'aria nel capanno era umida e pesante; aspettavamo tutti che la ragazza, che aveva detto di chiamarsi Amelia, ci spiegasse cosa stava succedendo. Mi aveva detto qualcosa mentre Archie era svenuto, ma adesso lui lottava disperatamente per slegarsi e voleva sentire tutto.

Fu allora che sentimmo un enorme schianto: la porta si spalancò e lasciò entrare il boato del temporale. Amelia gridò. Io afferrai Archie. Fissammo tutti la porta, tesissimi.

Erano Jughead e Veronica.

«Archie!» Veronica vide che aveva le mani legate e corse verso di lui. «Che succede?»

«Be', guarda un po'» commentò Jughead, con una calma notevole, considerate le circostanze. «I gemelli pazzi sono come la pistola di Čechov. Se compaiono nel primo atto, devono uscire di testa nel terzo.»

«Non siamo *gemelli pazzi*» ribatté il ragazzo, che aveva detto di chiamarsi Paul. «È proprio quello che stiamo cercando di dirvi.»

«Fantastico» sbottò Veronica. «E già che ci siete, ho un'altra domanda: perché diavolo l'avete legato?» Si era inginocchiata a terra di fianco ad Archie e armeggiava con le corde che gli stringevano i polsi.

«E chi è stato a mandarmi KO?» chiese Archie.

«È colpa mia» rispose Paul, imbarazzato. «Ma giuro» proseguì subito «che non l'ho fatto apposta. Non era quello il piano, puoi chiederlo a lei.» Mi indicò.

Tutti mi fissarono, in attesa. «È vero» ammisi. «Cioè, mi avevano bendata, quindi non ho visto la scena, ma ci hanno presi e ci hanno trascinati qui nel capanno. È successo tutto così in fretta che io ero troppo sotto shock per ribellarmi, ma tu, Archie, hai lottato eccome, e così siete scivolati entrambi. Arch, sei caduto all'indietro e hai sbattuto forte contro una roccia. Sei svenuto.»

«Okay, ma perché mi avete legato?» chiese lui di nuovo.

«Avevamo paura» spiegò Amelia. «Temevamo che, quando ti fossi ripreso, potessi andare nel panico e attaccarci invece di ascoltarci.»

«Ottima intuizione» ribatté Archie, furioso.

«Ascoltateli, davvero» disse Betty.

«Avete esattamente dieci secondi per convincermi che non devo chiamare la polizia» sentenziò Veronica.

«Non lo faresti mai» ribatté Paul «perché altrimenti tuo padre scoprirebbe che siete qui, cosa che non sa, e sono piuttosto sicuro che tu non voglia che sappia. E il motivo per cui lo so è che siamo dalla stessa parte.»

«Sappiamo tutto di voi» intervenne Amelia «e di quello che è successo a Cassidy.»

«Uh, certo. Ce lo ricordiamo. Sembravate... *furiosi* in proposito, all'emporio» commentò Jug.

«Lo siamo» rispose Amelia. «Ma non con voi. Non propriamente.» Sembrava che si sentisse in colpa e volesse scusarsi. «Cioè, è vero, a volte ci lasciamo prendere dalle emozioni. Sembrate *sul serio* dei tipici ragazzini viziati di città. Senza offesa.»

«Nessun problema» ribatté secca Veronica.

«Ma sappiamo che c'è Hiram Lodge dietro l'omicidio di Cassidy. E che probabilmente ti ha incastrato.» Guardò Archie. «Che è il motivo per cui sapevamo che, qualunque sia la ragione per cui siete venuti qui stasera, probabilmente avrete dei guai con lui... se non peggio.»

«E quindi voi...» cominciò a dire Veronica, palesemente confusa.

«Be', Shadow Lake è una comunità ristretta, ancora più piccola se togliamo i ricconi e teniamo solo i vecchi abitanti. Il signor Lodge ha saputo che stavate venendo qui.»

«*Come ha fatto?*» chiese Jughead. Quando capì, aggrottò le sopracciglia. «Ne abbiamo parlato da Pop's...» Sospirò. «Ben. Non avremmo dovuto dare per scontato che fosse perso nel mondo del suo inquietante gioco di ruolo.»

Amelia alzò le spalle. «Il signor Lodge ha occhi e orecchie dappertutto. Chiunque sia stato a dirglielo, dopo averlo saputo ha mandato i suoi sgherri a spiarvi. E... a spaventarvi? *Ecco* cosa stavamo controllando. Sinceramente, quando abbiamo capito cosa stava succedendo... be', so che non mi crederete, ma volevamo avvertirvi. Dirvi cosa c'era in ballo. So che dovete essere terrorizzati. Mi dispiace.»

«Papà *ha mandato qualcuno a seguirci.*» Veronica incrociò le braccia sul petto. «E *voi* avete seguito loro. È una faccenda malata, persino per gli standard di noi Lodge. Va oltre qualsiasi cosa mi fossi azzardata a immaginare.»

«Gli uccelli» esclamai. C'era il *padre* di Veronica dietro l'uccisione dei corvi. Era più spaventoso che se fosse stato uno sconosciuto? Sì, decisi di sì. Come scoprire che tuo padre è Black Hood... rendersi conto che, per coniare un'espressione horror, la chiamata proviene *davvero* da dentro casa.

O, più specificatamente, dal tuo stesso sangue. Dalla tua *famiglia.*

«Siamo arrivati troppo tardi per vedere chi l'avesse fatto» spiegò Paul.

«E il messaggio, Arch» dissi, rendendomi conto di una cosa orribile. «Chiunque l'abbia lasciato... forse è stato *lì con noi, dentro la baita... per tutto il tempo.*»

Veronica sgranò gli occhi. «Questo significa che... il respiro che ho sentito nel seminterrato...»

«Forse non era solo la tua immaginazione» concluse Jughead.

Restammo tutti un attimo in silenzio per metabolizzare la cosa. In quelle circostanze, essere lì pieni di fango e intrappolati in un inquietante capanno con due strambi gemelli alla fine era la situazione migliore, tutto considerato.

«Okay, lasciando un momento da parte questa spaventosa rivelazione, se Hiram Lodge ha in pugno tutta Shadow Lake... perché voi due dovreste essere dalla nostra parte?» chiese Jughead, piegando la testa sospettoso.

I due gemelli si irrigidirono. «È complicato. Ma... be', nostra madre è morta. È stata investita da una macchina tre anni fa» rispose Amelia.

Deglutii. «Mi dispiace tanto.»

Paul scrollò le spalle. «Be', il fatto è che stava semplicemente attraversando la strada. Era nel posto sbagliato nel momento sbagliato. Un "imprevisto" nel piano per colpire qualcun altro. Nient'altro che un danno collaterale.»

«Un incidente voluto» ipotizzò Archie.

Stavolta fu Amelia a scrollare le spalle. «La persona a cui miravano, che è morta lo stesso, era il presidente del consiglio d'amministrazione di Shadow Lake.»

«Ed era stato appena licenziato, mi pare di ricordare» intervenne Veronica. «Anzi, fatto fuori in senso letterale.» Le si arrossarono gli occhi. «Oh, papà. Hai un modo tutto speciale per gestire le trattative.» Guardò i gemelli, con un'espressione carica di sofferenza e rimorso. «So che non c'è niente che io possa dire, ma mi dispiace veramente tanto.» Scosse la testa. «Francamente mi stupisce che non ci odiate ancora di più.»

«Non è colpa tua. Lo sappiamo. Cioè, in parte è per quello che Cassidy si era fissato con casa vostra. Ma non era *solo* perché sei ricca e vieni da fuori. Era... be', anche una questione un po' personale. Gli avevamo detto di non farlo, specialmente visto che sapevamo tutte quelle cose su tuo padre. Doveva avere una qualche idea della situazione in cui si stava cacciando.» Stavolta fu Amelia ad asciugarsi gli occhi.

«Pensiamo di sapere le cose» dissi, e mi ci ritrovavo fin troppo, «ma quando si tratta della nostra vita, della nostra sicurezza personale, è difficile immaginare...»

«Non è stato difficile per noi» ribatté Amelia, con voce tagliente e rabbiosa. «L'abbiamo visto con nostra madre, anche se non l'hanno mai dimostrato.»

«Diavolo» intervenne Paul. «Non hanno mai neanche indagato.»

«Certo» rispose Veronica. «Sono sicura che papà ha comprato anche le forze dell'ordine locali. Altrimenti come farebbero ad avere tutti questi presunti testimoni contro Archie?» Tirò indietro le spalle. «Be', la buona notizia è che finalmente abbiamo almeno *una* prova concreta. Un video. Io e Jughead l'abbiamo trovato nel seminterrato. Probabilmente lo cercava anche la persona che ho sentito aggirarsi frettolosamente là sotto, chiunque fosse. Peggio per lui. È un filmato delle telecamere di sicurezza, presumiamo del momento in cui hanno portato i corvi. Chiunque ci sia in quel video, ci dovrà dare delle risposte.»

Jughead tirò fuori la chiavetta dalla tasca della giacca, con un'espressione trionfante. «È proprio...»

In quel preciso momento un tuono rimbombò così forte da far tremare le pareti instabili del capanno. Jughead sobbalzò involontariamente e la chiavetta gli cadde di mano, scivolando fino al polveroso angolo opposto.

Jughead mi guardò, nel panico. «Merda.»

«Tranquillo, Jug» dissi. «Andrà tutto bene.»

Paul, che era il più vicino, si chinò per recuperare la nostra unica speranza di dimostrare l'innocenza di Archie, ma all'improvviso emise un sibilo acuto. Mi voltai verso di lui e vidi che stringeva gli occhi, allarmato. «Ragazzi, non sta affatto andando tutto bene.»

28

JUGHEAD

Mi voltai per vedere cosa stava guardando Paul. Una... luce rossa lampeggiante?

Il mio cervello elaborò quel concetto in base a un istinto primordiale, poi anche il resto del mio corpo ci arrivò. Mi tirai su in fretta e furia e aiutai gli altri ad alzarsi. «*TUTTI FUORI! SUBITO!*»

Quando tutti furono in piedi, mi lanciai verso di loro e li spinsi tutti fuori dalla porta.

«Venite, tutti giù!» Li trascinai dietro una roccia sporgente e li spinsi tutti a terra.

«Ma che...» cercò di dire Archie. Non ebbe tempo di finire la frase.

Subito dopo ci fu un'esplosione così forte da far sembrare i tuoni un rumorino da niente.

Sentivo l'odore del fumo, denso e pungente, anche attraverso la pioggia.

Il capanno era distrutto. A pezzi.

Insieme all'unico brandello di prova che avevamo trovato.

29

VERONICA

Un attimo prima Paul stava per prendere la chiavetta. Un attimo dopo urlavamo tutti e Jughead ci aveva spinti fuori, di nuovo sotto la pioggia. Archie si era gettato su di me, buttandomi a terra. Betty strillò. Sentimmo un'enorme esplosione, e poi ci fu solo il crepitio delle fiamme e l'odore acre del fumo che permeava l'aria.

Ci rialzammo, uno dopo l'altro. Tossivamo, strizzavamo gli occhi, ci ripulivamo dalla terra uno alla volta, guardando increduli il capanno che bruciava davanti a noi.

«Quella era...» esordì Betty.

«La nostra unica prova» confermai. Mi salirono le lacrime agli occhi. Mi divincolai fra le braccia possenti e protettive di Archie. «Dobbiamo recuperarla!»

«Veronica! Basta!» Mi tenne stretta. «È finita.»

«Non può essere finita.» Adesso stavo proprio piangendo, le lacrime mi rigavano il viso.

«E invece sì» insistette lui.

Ma non era vero. Neanche per sogno. Perché in quel momento capii che avrei fatto qualsiasi cosa per proteggere Archie da mio padre.

A qualunque costo.

30

BETTY

«Non può essere finita» aveva detto Veronica tra i singhiozzi.

Anche se fino a un secondo prima non sapevo nulla della prova che lei e Jug avevano trovato, capivo esattamente cosa voleva dire. Mi sentii sprofondare, mi girava la testa. Allungai la mano verso la tasca per prendere le compresse... e poi mi tornò in mente.

Il bagno. Le pillole. Non sapevo ancora se le avevo prese tutte. Mi sentivo la mente annebbiata e lo schermo del telefono, su cui la crepa si espandeva come una malattia, diceva ancora NESSUNA CHIAMATA PERSA.

Provai a respirare a fondo, ma il fumo nell'aria mi fece tossire. Jug mi batté la schiena.

«Vacci piano» disse. «Meglio non inalare questa roba, non fa bene.»

Mi infilai le mani nelle tasche e cercai di ricompormi, per lui e per gli altri. Di rimettere insieme i cocci per la milionesima volta solo nelle ultime ore.

Ero distrutta, stavo andando in pezzi. Lo sentivo anche prima di esserne certa, prima che si sapesse con assoluta certezza che mio padre era Black Hood. E non sapevo come diavolo fare per stare meglio. Di certo non ci sarei riuscita con la Fattoria (oddio, no). E neppure con le pillole, anche se non ero pronta a smettere di prenderle, non ancora.

Non ero pronta a parlare con Jug di tutte quelle cose, a essere totalmente sincera con lui. Non che pensassi che mi avrebbe giudicata, sapevo che mi avrebbe offerto solo affetto e sostegno… Ma ero *io stessa* a giudicarmi. La spirale in cui stavo precipitando mi faceva sentire malissimo e me ne vergognavo troppo per parlarne.

«Ragazzi» dissi, costringendomi a concentrarmi sul problema più immediato: il capanno avvolto dalle fiamme che mandava ondate di calore verso di noi.

«Ragazzi, che cosa facciamo?»

31

ARCHIE

«Ragazzi, che cosa facciamo?»

A Betty tremava la voce.

Il capanno era andato. I cespugli tutto intorno bruciavano lentamente. L'aria sapeva di fumo e terra bagnata. E ogni volta che chiudevo gli occhi, rivedevo Andre che incombeva su Cassidy, determinato e brutale.

"So cos'hai fatto."

«Non c'è niente da fare.» Tirai fuori una voce forte e chiara che non lasciava trasparire la mia tensione. Perché almeno di quell'unica cosa potevo essere certo.

«Ci abbiamo provato» dissi. «Abbiamo fatto un ultimo tentativo, e... non so, forse abbiamo quasi trovato qualcosa. *Forse.*»

«Ma Archie, quel video...» intervenne Veronica.

«Non abbiamo mai avuto modo di guardarlo» sottolineai. «Non *sappiamo* cosa contenesse di preciso. E poi, se tuo padre è in grado di organizzare una cosa *del genere*» indicai i rottami in fiamme «allora siamo degli illusi a pensare di poterlo battere.»

«Non osare arrenderti, Archie Andrews» mi ammonì Veronica, furiosa.

Alzai le spalle. «Ronnie, questa faccenda con tuo padre sembra più una guerra che una battaglia. *Questa* era una battaglia, e l'abbiamo persa.»

«Non possiamo arrenderci!» intervenne Betty. Adesso piangeva anche lei.

Guardai i loro volti, la loro espressione decisa e inquisitoria. Detestavo costringerle ad affrontare quella faccenda, e dovercene andare a casa rendeva tutto ancora peggiore. Ma cos'altro potevamo fare?

«Ragazzi, la settimana prossima sapremo il verdetto» ricordai. «Dobbiamo andare a casa a prepararci.»

Jughead si schiarì la voce. «Non ha tutti i torti.» Le ragazze lo guardarono incredule e lui dovette spiegarsi. «Cioè, non voglio dire che dobbiamo arrenderci, certo che no. Però è meglio che ce ne andiamo da qui. C'è stata un'esplosione. Presto arriverà la polizia, ed è meglio che non ci trovi qui.»

Non c'era molto da obiettare.

«Dovremmo segnalare l'incendio prima che lo faccia qualcun altro.» Betty sembrò tornare di colpo alla sua tipica modalità di risoluzione dei problemi. «Almeno controlleremo una parte della storia finché possiamo.»

Annuii insieme agli altri, ma fra me e me non potei trattenere una risata amara: era davvero ridicolo far finta di poter controllare anche solo una parte di quella faccenda.

Epilogo

Ethel:

Dilton, sn preoccupata x te. Lo so ke hai detto ke nn potevamo vederci, ma puoi almeno rispondere ai miei msg x farmi sapere ke stai bene? Magari sn paranoica, ma nn riesco a togliermi dalla testa l'idea ke stia succedendo qualcosa.

***

Dilton:

Fatto.

PP:

Ottima notizia. Il compenso verrà portato al luogo di cui abbiamo parlato entro le 5 di domattina. Se fossi in te, non aspetterei a recuperarlo.

***

PP:

Pensa un po', il ragazzo ce l'ha fatta. Anche se, al posto tuo, mi chiederei che razza di studente delle superiori ha in casa esplosivi del genere.

HL:

Ne prendo nota. Apprezzo la tua collaborazione. I tuoi ragazzi riceveranno il loro compenso.

PP:

Quando vuoi. Io aiuto te…

HL:

E poi aspetti che abbia di nuovo bisogno d'aiuto. È così che funziona.

PP:

Capito.

***

PP:

Sarai contento di sapere che il tuo amico Doiley ha fatto il suo dovere.

Sweet Pea:

Felice d esservi stato d'aiuto. Ma te l'ho detto, me ne kiamo fuori. Vi ho trovato Dilton, ora ho chiuso.

PP:

Quando imparerai? Non esiste il concetto di "fuori". O si è dentro, o si è morti. E per ora tu sei dentro. Significa che sei nelle grazie di Hiram Lodge. Dubito che tu voglia perdere questo privilegio.

JUGHEAD

Alla fine decidemmo che una chiamata anonima fosse l'unico modo di segnalare l'incendio. Non che ci fosse davvero bisogno di segnalarlo; probabilmente Hiram Lodge aveva già avvisato la polizia che ci sarebbe stata una qualche esplosione allo chalet.

Oppure, diavolo… magari aveva pagato la polizia stessa perché facesse saltare il capanno.

Comunque non avremmo mai scoperto la verità. Shadow Lake era già completamente dominata dal braccio lungo di Hiram Lodge. Il fatto che laggiù ci fosse qualcuno che cercava di aiutarci, di farci trovare anche solo un minimo appiglio nel nome della giustizia, era già un miracolo di per sé. Non potevamo aspettarci niente di più. Non potevamo permetterci di aver speranza.

Eppure in qualche modo l'avevamo fatto. Avevamo continuato a sperare, contro ogni probabilità.

A sperare che il padre di Veronica avesse ancora un briciolo di umanità, di empatia, di amore per sua figlia e per chi viveva nel mondo di lei.

A sperare che, anche se la nostra prova su video stava bruciando, ci fosse qualcos'altro, una nota, un messaggio, qualche oggetto nascosto che ci permettesse di sbrogliare quel sordido caos… qualcosa che avremmo sicuramente trovato, se solo avessimo cercato *un po' meglio.*

A sperare che Archie sarebbe stato scagionato.

"La speranza è l'ultima a morire." Si dice così, del resto. Ma per ora la nostra era andata in fiamme, e con essa la possibilità di rinascere come una fenice dorata. Ci restava soltanto il fuoco inesorabile degli ultimi giorni d'estate, un percorso incandescente che portava dritto al Labor Day, dritto all'aula del tribunale…

E dritto alla fine dell'innocenza sospesa di Archie Andrews.